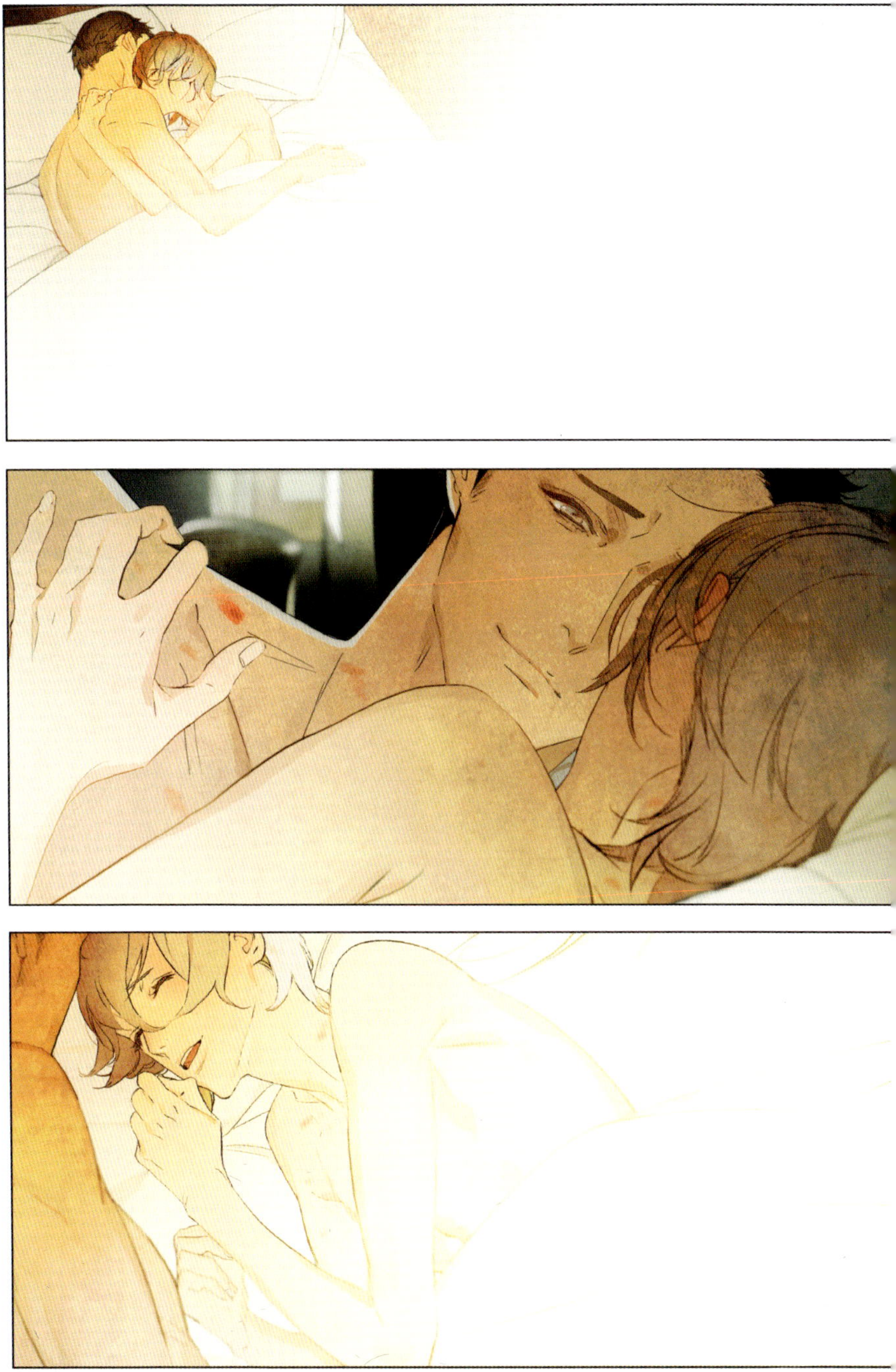

銀の不死鳥

綺月陣
Jin Kizuki

Contents

カバー・口絵イラスト　yoco

無数の星が点在する宇宙空間に、水の惑星『地球』が生まれて六億年後、海の中で最初の生命が誕生した。

自然界のエネルギーを存分に浴び、吸収し、反応した彼らは、その後目覚ましい変化と進化を遂げてゆく。

原核細胞は海中に漂う有機物を踏み台にして、自身で生きる術、光合成を身につけた。光合成は炭水化物を創りだし、同時に酸素が吐きだされることで、呼吸する生物たちが地球上に増殖した。

単細胞生物から多細胞生物へ、水中から陸上へと生息圏は広がりを見せ、やがて時代は『恐竜期』へ突入する。

しかし、豊かな植物層と恐竜たちが支配する楽園は、そう永くは続かなかった。

地球に小惑星が衝突したのだ。

その衝撃によって発生した粉塵は大気中に舞いあがり、長期に亘って太陽光を遮断した。地上では大地震と巨大津波が発生し、環境の激変という恐ろしい矢が、生物たちに容赦なく襲いかかった。

激しい気候変動の末、地球は『氷河期』を迎える。

体に流れる血さえも凍る極寒に、恐竜も植物たちも震撼したに違いない。

だが永きに亘る沈黙の時代にも、終焉のときは訪れる。

環境の変化に順応できず絶滅した種もあれば、姿形を変えて蘇った幸運な種もあった。生き残ったものたちは、それぞれの知恵と手段で遺伝子を繋げ、地球はさらなる改革を経て、『新生代』へと歩みを進めたのだ。

雄と雌、男と女が愛しあい、睦みあう。

互いの生殖器に、性欲と種の保存というふたつの本能を絡ませながら、人類は地球上で最も賢強な存在として、君臨と増殖を極めていった。

だが、環境の変化に対応できなかった大型の恐竜たちが氷の闇に閉ざされたように、地球の機能を狂わせるばかりの人類も、その後何度も存続の危機に晒されることとなる。

環境汚染、新型ウイルス……自然界から幾度となく警告を受けながら、しかし人類は省《かえり》みる作業を放棄した。

自らの暴走を止める手段を得られないまま、人類は人類によって傷つけられ、破壊し合い、果ては自らを追い詰めてゆく。

ゲリラ豪雨、大洪水、火山噴火、大地震。自然はあらゆる形に姿を変え、次々に人間たちを攻撃した。度重なる災害は地球環境を著《いちじる》しく歪ませ、人々は…いや、国と国は、物資をさもしく奪い合った。

荒《すさ》んだ心は善意を抹殺し、世界各地で憎悪が爆発し、暴動となり、国を脅かした。

結果、彼らの決定的な弱点である『精神』が、ついに崩壊してしまったのだ。

西暦二〇三三年――――。

地球上に、核が投下された。


各国の反応は早かった。世界中の核保有国が一斉に応戦した。

地球が、激震した。

人間たちの「狂気」という本能が、生物のみならず地球をも破滅へと向かわせた。

核爆発で、地表の温度は急上昇した。海水は沸騰し、南北両極の氷島は溶解した。崩れた大地は海水に呑みこまれ、大陸は裂けた。

歴史は輪廻する。

だがもはや、奇跡は起きない。

誰もが愚かな人間を憎みながら、後悔に苛《さいな》まれながら、この世から消滅していった。


幸いにも、ごくわずか生き残った者たちもいた。だが彼らは死に絶えようとする地球で、来るべき絶滅の瞬間を待つだけの身でもあった。

生存者らは飽くことなく戦闘を繰り返し、強欲に明け暮れた。すでに恐怖すら麻痺した日々。残された時間を、無意味に塗りつぶしてゆく毎日。

内側からも、地球は滅びつつあったのだ。

いま、ひとつの惑星が、永かったその役目を終えようとしていた。

▼一九九九年・ニューヨーク

「この患者、心停止からどれくらい経ってる？」

皮下脂肪の厚い患者の腕に苦労して吸引針を刺しこみながら、ケヴィンが隣の長身を見あげた。消毒液を含ませたガーゼで患者の皮膚を拭いつつ、松宮真士《まつみやしんじ》が無愛想に応じる。

「十三時間」

真士はケヴィンの手元を見ている。眉間には、深い縦じわが一本。どうやら真士はケヴィンの仕事に納得がいかないらしい。

察したケヴィンが肩を竦め、素直にポジションを彼に譲った。真士に任せたほうが的確だし仕事も早いと、じつはここにいる全員が知っている。だがケヴィンは、一応チーフ・ドクターという肩書きを持っている。よって、上司を立ててやることも、とりあえず全員承知している。

ケヴィンから針を譲り受けた真士は、まるでそこに針穴が用意されているかのように手際よく、次々と皮膚を刺してゆく。いつもながらマジックのようだ。

「さすがは真士だ。それにしてもケヴィン、そんな不器用なのに、どうしてチーフに任命されたんだろう。ねぇ真士」

カルテ越しに目だけを動かして、廻音《かいね》は茶々を入れてやった。チームを取りまとめるチーフに対しても、廻音は敬語など使わない。なぜなら自分はこの部署では、クレイン施設長に続く古株だからだ。それでも年齢は最も若い。

「チーフより腕のいい研修医さん。彼に針の扱い方、教えてやってよ」

クソッとケヴィンが吐き捨てる。怒っているわけではない。これでもケヴィンは有能な日系人スタッフに敬意を表しているつもりなのだ。

そんなケヴィンに同情まじりの笑みを向けて、廻音は目の前のベッドに横たわる遺体と電子パネルに浮かびあがるカルテを交互に見た。

全身に針を穿《うが》たれチューブを這わされた素っ裸は、見ていて気持ちのいいものではない。まして相手が手術台からはみ出るほどの肥満体であれば、なおさらだ。

「日本で倒れてからニューヨークに運ばれてきたにしちゃ、早い到着だよね。有力者ってヤツ？あぁ、このデブの職業、政治家って書いてある。どーりで」

廻音は悪びれもせず、先を続けた。

「カルテによると、えーと…死因は心不全だってさ。彼の小さな心臓が、このブ厚い贅《ぜい》肉にキュー
キュー締めあげられちゃったんだね。アーメン」

胸の前で十字を切ると、手術台の足元で不凍液を準備していたリリアがプッと噴いた。遺体の皮膚サンプルを採取していたケヴィンも、シャーレをカチャカチャいわせて笑いを堪えている。どうやらみんな、思うことは同じらしい。

この手のジョークにまだ慣れないのか、それとも生来が真面目な気質なのか、真士だけが困った

ように、また眉を寄せている。

廻音は真士に向き直ると、その逞しい肩に手をかけた。めいっぱい爪先立ち、誰にも聞こえないような小声で、滅菌マスク越しに囁いてやった。

「今夜、真士のコンパートメントに泊まっていい？」

遺体の表皮に消毒を施している真士の手が止まった。照れているのか迷惑がっているのか、きっと本人もわかっていない複雑な視線が、「今夜も？」と問いかけている。「トーゼン」と微笑み返し、廻音は長い睫で覆われた目を細めた。

廻音は、真士の困った顔が好きだった。

いつも怒っているような、誰かを睨んでいるような、やや吊りあがった鮮烈な目。仕事以外のことには口ベタな、薄い唇。男らしくて太い眉。そして、キスするときだけ少し邪魔な高い鼻。エキゾチックな黄色い皮膚。彼のすべてが愛しくてたまらない。その強い目に見つめられ、唇に触れられるたび、廻音は眩暈を覚えてしまう。


半年前、真士がこの研究施設に着任した初日の様子を、廻音は鮮明に覚えている。

それ以前からスタッフたちの間では、優秀を絵に描いた『変わり者のカタブツ研修医』がやってくるという噂で持ちきりだった。廻音も、一体どんな変人がやってくるのかと案じていたうちのひとりだった。

日本の医大を一カ月で退学した松宮真士は、語学留学を経てハーバード大学へ進み、首席で卒業したあと、メディカルスクールに進学を果たしたという華々しい履歴の持ち主だったのだ。

まだ見たこともない松宮真士を、この研究施設にいる誰もが、小さな島国出身者特有の『世間知らず』で、おそらく医学以外には趣味も興味もない『頭でっかち』で『融通の利かない優等生』だと想像していた。

だが実際の真士をひとめ見るなり、廻音もケヴィンもスタッフたちも、先入観と思いこみを、すみやかに引き下げたのだった。

クレイン施設長のあとに続き、松宮真士は高い背を持て余し気味に、少し身を屈めるようにして、この処置室へ入ってきた。

短く刈った黒髪、深い知性と果てしない優しさをたたえた漆黒の目、心身ともに鍛え抜かれているとわかる精悍な肉体。医療班で紅一点のリリアなどは、自分よりも十歳は年下であろう真士に、あからさまに頬を紅潮させたほどだ。

誰もがこの新入りに好感を抱いたことを、廻音自身もまた、心地よく感じていたひとりだ。

初日の緊張をほぐしてやろうと思ったのだろう。ケヴィンが……彼は新入りがくるたびに同じ質問をするのだが、ニヤニヤしながら真士に訊いた。

「氷が溶けたらなにになるか、知ってるか？」と。

氷は溶けたら水になる。それが世間一般の常識だろう。だがこの研究施設では、そんな答えはＮＧ

だ。氷が溶けると、ただの死体に逆戻り。そんな不謹慎な冗談が現実であり、正解とされていた。

だが、新入りの真士は少し考えたのち、やがてポツリと呟いたのだ。

春ですか？　と。

意表をつく真士の返答に、ケヴィンとリリアが目を丸くし、ややあって爆笑した。カタブツの噂はその場ですぐに撤回されたが、変わり者の噂は本当になり、そして。

廻音の世界が、大きく変わった瞬間でもあった。

日本は世界一、四季の美しい国だと聞いている。色彩溢れる表情豊かな島国で、松宮真士がなにをどのように見、どのように感じ、どんなふうに生きてきたのか。真士が口にした短い答えを聞いただけで、廻音は、彼を育てた清い大地が目の前に広がったような気がした。

真面目で控え目で、謙虚で。心が広くて穏やかで、豊かな思考を持つ真士。その陽に灼けて引き締まった体の内には、まっすぐに未来を見据える強さが漲っている。

真士を好きになってしまった自分を、廻音は知った。

だから廻音は正直に真士に気持ちを告白し、以後一カ月かけて、ようやく真士を振り向かせたのだった……というより、ほとんど泣き落としで肉体関係に持ちこんだようなものだったが。

そして真士は、まるで妊娠させてしまった責任でもとるかのように…ではあったが、以後、廻音が自分と同性であることに戸惑いながらも受け入れてくれたのだった。

初めて体の関係を持ってから五カ月経ったいまも、真士の困惑顔は相変わらずだ。だがその表情の裏に、隠しきれない廻音への情と熱い想いが潜んでいることも、廻音はすっかり見抜いていた。

それにしても、日本人ほどシャイな人種は他にいないと、つくづく思う。考えていることは言葉に変換しなければ他人には伝わらないのに、彼らは自分の本心を明かすことを、みっともないとか、恥ずかしいなど、どうやらうしろ向きの行為と捉えている節がある。

せっかくこの世に生まれたのだから、もっと自分をアピールすればいいものを。それなのに彼らは自分の功績を横から他人に攫《さら》われても仕方ないと諦めてしまうのだから、不思議でならない。だが廻音は、その謙虚さに「美」を感じた。救いを求められたときには、偉ぶることなく技術を差しだす姿に「誠実」を見た。それらは、真に実力を持つ者にしかできないことだと思う。

患者の脇腹の針から伸びたチューブを直すふりで、廻音は左手の甲で真士の股間にそっと触れた。真士があからさまに身を固くし、戸惑い顔で廻音を見下ろす。忙しく動きまわる周囲のスタッフたちは、廻音の悪戯に気づく余裕もなさそうだ。

目を吊りあげつつも顔を赤らめる愛しい真士に、「あとでね」とウインクし、廻音は鼻歌まじりに作業へ戻った。

患者の胸に繋いだチューブの吸引値を引きあげると、濁った水分が細い管を音もなく伝い、患者の体から抜けてゆく。垂れさがっている何本もの管が、体液の重みでピンと張る。

体内に水分を残したまま人体を冷凍した場合、体内組織が腐敗し、細胞が破壊される恐れがある。だからこうして患者の体から一滴残らず水分を抜き、代わりに不凍液を注入するのだ。

「不凍液、準備ＯＫよ」

リリアの声にひとつ頷き、廻音は吸引値の目盛をさらに上げた。


ここは、クライオニクス研究施設。人体の冷凍保存研究機関で、世間では、通称『フェニックス』と呼ばれている。

人類は誕生以来、さまざまな発明を生みだしてきたが、ここへ来て、また新たな関門を越えようとしていた。

それは、人類最後の夢――不死。

少し前ならこの上に『不老』の二文字がついていたが、いまは整形や移植技術の進歩で、良くも悪くも、ある程度まで簡単に誤魔化せる。

だが傲慢で欲深い人間たちは、不老だけでは満足できず、永遠の命を欲し始めた。

科学の進歩に不可能はない。人体冷凍保存の研究は、その宣言から始まった。

百年前には不治の病でも、いまなら簡単に治すことができる。現在は治癒不可能でも、百年後に治療法が開発される可能性は充分にある。ならば医療技術が開発されるまで「冬眠」し、「蘇生」すればよいと考えたのだ。

いつか治療薬や技術が開発されるその日まで、時間を止めて待てばいい――誰が最初に唱えたのか、次第にそれは人類共通の夢となり、その実現こそがクライオニクスの科学者たちの特命とされ、プロジェクトが発足し、国家予算が組まれるまでに成長した。

来年には新世紀を迎える現在、実際にクライオニクス研究施設で冷凍保存されている遺体総数は、百体に達している。記憶保存という名目で、頭部だけでも五十体近くある。そしてそれらはすべて「遺体」ではなく、「患者」と呼ばれている。

将来蘇る予定の彼らは、実際には遺体でも、冷凍保存期間は「入院中」の扱いになるわけだ。

一度死んだ体が生き返るわけがないと、フェニックス計画を頭から馬鹿にし、批判する科学者も当然ながら存在する。実際にフェニックス計画に参加しているスタッフたちの中にさえ、これはあくまで実験だと割り切った発言をする者もいる。冷凍人体の蘇生が成功する可能性は、残念ながらゼロに等しいというのが、多数の共通認識だった。

これは、医療行為ではない。国家予算を使って挑むギャンブルだ。医療班として施設で働いている廻音も真士も他のスタッフたちも、それを承知していながら、ミクロの可能性に賭けていた。

この世で最後の奇跡を起こすために。


「あ…、あッ、あぁ、あーっ、んあぁ――――――ッ！」

カイネの痩身が弓なりに反り返る。真士の厚い肩に、カイネの細い指が食いこむ。

イく瞬間、いつもカイネは大袈裟な嬌声を放つ。誰に聞かれているわけでもないのだが、真士はカイネの喘ぎ声が恥ずかしくて、つい腰のスライドを『遠慮モード』に切り替えてしまうのだ。

「イヤだ、真士、もっと、もっと！」

もっと、とせがまれても困る。ちょうどいま打ち終えたものをカイネの中で持て余し、真士は途方に暮れてしまった。

女性経験はわずかにあるが、これほど情の濃い体を抱いたことは一度もない。叫ばれるたびに焦りが生じて、なかなかスッキリと到達できない。

外国人女性はセックスに積極的だと聞いていたが、まさにそのとおりだった。カイネは女ではなく男だが、男だからこそ余計に混乱してしまう。尻の穴を擦られて、本当に気持ちいいのだろうかと。

すでに今夜は、抜かずの三発を遂行している。いや、抜こうとはしている。しているのだが、カイネが渾身の力で締めつけて阻止するものだから、抜きたくても抜けないというのが、情けなくも悲しい現状だった。

「カイネ、もう勘弁してくれ」

萎えてしまったものと同じく、真士は疲労困憊の声で懇願した。

カイネがしぶしぶ力を弛める。真士はため息をつきながら体を起こし、カイネから身を離した。

ようやくベッドで仰向けになり、解放感に脱力する。

壁をほのかに照らす間接照明でさえ、気怠さで重いこの瞼には、かなり眩しい。真士はひとつ深呼吸し、目頭を揉みながら瞼を閉じた。

真士の腹の上に裸体を重ねてきたカイネが、ギブアップ？　と寂しそうに訊いてくる。悪いな、と薄目を開けて終戦を告げると、イイヨと苦笑を漏らし、軽いキスを唇にくれた。

「日本人は主張しないし、ガツガツしない。ヨインとかフンイキとか、ワビサビを大事にする種族だもんね。神秘的で、とても好きだよ」

わがままなようで、カイネは意外に潔い。

甘え上手とは、カイネのことを指すのだろう。人前では必要以上にベタベタしないが、ふたりきりになったとたん、こちらが焦ってしまうほど情熱的な恋人に変貌する。なによりもカイネは、相手を立てることを知っている。主導権は真士にあると思わせておいて、じつはカイネがうまく誘導しているのだから、なかなか頭脳派の策略家だ。

もしカイネが女性なら、夫を尻に敷くタイプであることは間違いない。それは決して悪いことではない。それどころか真士はそんなカイネを、最高のパートナーとして誇らしく思っている。

思い返せばふたりの始まりも、カイネの情熱に誘導されたようなものだった。

忘れもしない、あれは真士が待望の医療班勤務になって、三日目のことだ。

じつはクライオニクス研究施設に着任した初日からカイネの視線を感じていたのだが、用があるなら向こうから話しかけてくるだろうと、ずっと放っておいたのだった。

だが三日目の勤務終了後に、用件はいきなり切りだされた。

ロッカールームで着替えていた真士の背中に、カイネが声をかけてきたのだ。「セックスしようよ」と。

正面切って誘われた瞬間、真士は当然、呆気にとられた。

確かにカイネは男から見ても、感嘆を漏らしてしまうほどの容姿だ。スラリと伸びた痩身に白い肌は、清浄な水だけを口にして生きているのだろうかと疑うほどの透明感に溢れている。

純粋培養という言葉が相応しい、初めて目にする珍しいタイプだ。だが、庇護したくなる頼りなさはない。妙に冷めた態度と甘いマスクが不釣り合いな上に、どこか知的で無表情かと思うと、子供のような無邪気な笑顔を真士に見せてくれるのだ。

そう。真士の前で…だけだったが。

三日間仕事を共にした中で感じたことだが、カイネはなぜか他の施設員たちと、一線置いて接しているような気がしてならないのだ。

そうかといって、カイネが孤立しているわけではなく、軽いジョークは常に飛び交う環境にある。もちろん誰かと反発しあっているようには見受けられない。だから単に、相手に深入りせず、深入りもさせず、一定の距離を保って接していると推察できる。

カイネが彼らに心を開かない理由は、不明。会って間もない真士に対しては、まるで旧知の友のように、一方的に懐いてきたわけだから。……だからそれは、決して迷惑などではなく、ちょっとばかり浮かれてしまう、喜ばしい出来事ではあるけれど。

「真士とセックスしたいんだ。いいでしょ？」

「いいでしょって言われても…」

あのとき真士は、久しぶりに戸惑った。ほとんどのことでは動じないと自負していたが、これば かりは狼狽えてしまった。誤解させてしまっただろうか、と。

なぜなら、あのすらりとした肢体に色気を感じていないわけではなかったからだ。

こんな男も世の中にはいるのかと、カイネに意識を奪われたのは事実だった。日系ハーフらしい薄茶の髪と大きな瞳、輪郭の際だつ唇も、なかなか魅惑的だ。

それでも相手をじろじろ見るのは失礼だと思うからこそ、意識して目を逸らしていたのに。

カイネの大胆な誘いに、あのとき真士は返す言葉が見当たらず、眉を顰《ひそ》めた。カイネがいくら綺麗でも、女には見えないからだ。まさか真士を女と勘違いしているのだろうかとも血迷いかけたが、万が一地球が爆発しようとも、それだけは有り得ない。

残る理由は、ただひとつ。カイネが同性愛者ということだ。だとすれば、申し訳ないが受け入れ難い。確かにカイネは綺麗だと思うが、それはそれ、これはこれだ。なにより諸々の手順をすっ飛ばして、いきなり「セックスしよう」は、理解の範疇を超えている。

「悪いが、他の人を探してくれ」

カイネの申し出を、真士は素っ気なく断わった。するとカイネは、元から大きな目を一層大きく見開いて、「ダメなの?」と驚いたのだ。…驚いたのはこっちだと、心の中で反論したが。

はっきり断ったにも拘《かか》わらず、カイネは翌日も真士をしつこく追い回し、同じ言葉で迫ってきた。だから真士も同じ言葉で、カイネの誘いを断り続けた。

そして一カ月目には、とうとう涙ながらに懇願されてしまったのだ。

「一度だけでいいから」と。

いま思えば、あの大粒の真珠にも似た美しい涙に、してやられた。

絶対に人生一度だけの、二度とは起きない事故で終わるはずだったのに。

だがカイネの裸体を目の前にして、真士は湧きあがる性欲を抑えきれず、自分の変化に焦燥した。

カイネの体は女のような凹凸があるわけでもない。乳房なんてものは当然ない。あるのは真士と同じ男性器だけだ。それなのに。

神秘的な体だったのだ。とても。目だけでなく、心も一瞬にして奪われてしまうほど。

裸体のカイネは純潔さを保ちながらも、高貴な色香に満ちていた。カイネを覆う薄い皮膚は、もしや初めて空気に触れたのではないかと思うほど無垢で、肌理《きめ》が細かく、美しく輝いていた。

男の体がこんなに滑らかで綺麗なものだと知って、真士は逸る鼓動を落ちつかせることはできなかった。

しかし。しかし、だった。

あれだけしつこく誘ってきたのだから、てっきり経験者に違いないと思いこんでいたのだが。

抱いてみれば、なんとカイネは「初めて」だったのだ。

男相手で加減がわからなかったということもあり、結果、真士はカイネを傷つけてしまった。カイネが精神的ショックに加え、激痛に耐えきれず失神していたことも知らず、気がつけば真士は夢中になって猛り狂い、行為を終えてしまっていた。

ひたすら謝罪する真士に、可愛い悪魔は涙目で、にっこり笑ってこう言ったのだ。「この次、痛くないようにできたら許してあげる」と。

あれ以来、どうも真士は、カイネに頭が上がらない。


あれから五カ月経ったいまも、ふたりの間には奇妙な主従関係が継続している。それもほとんど毎晩のように。

思いだして、真士は再び疲労を感じた。それに、さっきからずっとカイネが真士のものを口に含んでいるようだが、真士の体は心身ともに萎えたままだ。

「ねぇ真士。まだ休憩中？」

真士はギクリと固まった。休憩ということは、まさか第二ラウンドが控えているということか？猫のような目が、股の間で威嚇している。萎えた真士を甘噛みしつつ、先を促す恐ろしい猫。

「頼む。もう勘弁してくれ」

「今夜は無理？　じゃあ、明日まで我慢してあげる」

「明日？」

「そ。明日。明日も楽しみだね、真士」

真士のものを軽く噛み、カイネが悪戯っぽい笑みを零した。

カイネはこの研究施設で生まれた、いわゆる試験官ベビーだ。

両親にあたる『卵・精子提供者』は、カルテで顔だけは知っているそうだ。初めてふたりで過ごした夜、ベッドの中でカイネが告白してくれた。

「種の提供者を恋しいと思ったことは一度もないけど、真士に触れるたび、もっと真士が恋しくなる」

そう呟いて、カイネが切なげに微笑んだ。カイネの笑みは、どこか痛々しい。だからつい、抱きしめる腕に力が入る。

腕の中で、カイネがぽつりと言った。真士はなぜ日本を離れたの？　と。

その問いに、確か真士はこう答えた記憶がある。日本の医療制度のあり方に共感できず、怒りすら覚えたからだ、と。

日本という国は、自国では脳死すら認めていないくせに、海外の脳死患者から臓器を奪いとることに関しては、ことごとく目を瞑っている。

我が身の保身しか念頭にないような、精神の貧困と稚拙《ちせつ》極まる国政を、真士は心底嫌悪していた。彼らと同じ日本人である自分を恥じてもいた。

「だけど自分は、そんな日本の医学界を改革することもできない、非力な人間なんだ」

と、カイネ相手に、渡米して初めての弱音を吐いた。

「だから真士は、フェニックス計画に参加したの？」

フェニックス計画――人体冷凍保存の研究。真士は大きく頷いた。国と対等に戦えるだけの技術と力を身につけるために、ここへ来た。

十七年前、真士は母と妹を薬害事件で失った。

生後半年で、真士の妹は血液の病の診断を下された。当時すでにアメリカでは使用を禁じられていた非加熱製剤を、妹の担当医は「国が認めた薬だから大丈夫ですよ」と繰り返し、幼い妹の体に投与した。いわゆる「薬害エイズ事件」だ。

免疫力も体力も極端に乏しかった妹は、まるでろうそくの火が消えるかのように、静かに短い人生を終えた。母は妹の亡骸を抱き、号泣した。なにも知らずに「よろしくお願いします」と、非加熱製剤の投与を喜んでいた自分を責め、安全を唱え続けた病院や医師を憎み、非加熱製剤の流用を放置した政府を恨み、ようやく授かった待望の第二子の命を守れなかったことを悔やみ、そして母は――その夜、自らの命を絶った。

そのころ真士はまだ小学生だったが、拭えない疑問と憤《いきどお》りの原因を自分なりに調べることで、当時の政府や企業の罪を知ったのだった。犠牲になったのは、母や妹だけではなかった。二千人を超える人々が罪なき苦しみを背負わされたとわかり、日本の有力者たちの「無知」に唖然とした。

待合室で父と聞いた妹の元気な産声を思いだすたび、いまでも膝から崩れそうになる。たくさん遊んでやりたかった。可愛いに決まっている妹と、手を繋いで歩くのを夢見ていた。母が焼いてくれるふわふわのパンを、妹にも食べさせてやりたかった。父と母と自分と妹と四人で、笑顔と幸せに包まれるはずだった。

せっかく生まれてきたのに。命の糸を紡いだのに。生きていたら幸せに、きっと幸せになれただろうに。

薬さえ、投与されていなかったら。

娘と妻を返せと、父は病院で絶叫した。被害者の会に加わり、官邸前に押しかけ、政府の罪を訴え続けた。そんな父の姿を見て、逆に真士は心を閉ざした。死んだ人間が生き返るはずがない。無駄だとわかっているのに、返せと叫ばずにいられない父の矛盾を理解しながらも、糾弾し続けるその背中に、いつしか真士は悲しみしか感じとれなくなっていた。

真士だって叫びたい。返してくれ、と。お願いだからもう一度、母と妹に会わせてくれ、と。

でも、どんなに声を嗄らして訴えても、消えた命は戻らないのだ。

その後、真士は当然のように医学の道へ進んだ。医者に憧れているわけではない。医者の怠慢によって葬られる命から、ひとりでも多く救いたいという思いに駆られてのことだ。だが実際に医大へ来てみれば、真士のような志を持った人間は少数で、これが日本の医学界を背負っていく人間たちか…と、毎日が落胆の連続だった。

そんなときだ。人体冷凍保存を専門的に研究している施設の存在を、学部長から聞かされたのは。

現実味はまったくなかった。完全に「夢物語」の領域だった。

だが聞いた直後に驚愕し、身を震わせ、狂喜している自分がいた。知ったからには見てみたい。そこへ行かない理由はない。自分の進むべき道はクライオニクス研究施設だと、ようやく足元が固まった。

無念の死を迎えた人間は、妹以外にもたくさんいる。だがせめて、いま現在、死の縁にいる子供たち——その命だけでも救えたら。それが、もしも本当にできるなら。妹や母の無念や父の苦しみも、少しは癒されるかもしれない。

柄にもなく、真士はカイネ相手に強く訴えた。熱弁を奮いすぎて引かれたのではないかと危惧したが、カイネは真士をじっと見つめ、何度も頷いてくれたのだ。

「氷が溶けたら、やってくるのは死じゃない。春だもんね」と。

そう言った直後のカイネの表情を、真士はよく覚えている。笑顔が震えていたのだ。まるで、いまにも泣きだしそうに。我がことのように感極まって。それなのに、やけに儚くて。

あのときの、真士の前から消えてなくなりそうな奇妙な不安感が、とっさに抱きしめたこの両腕に、いまでもはっきり残っている。

いつの間にか眠っていたらしい。

唇に優しい圧力を感じて、それに気づいた。

瞼を開くと、カイネの長い睫が頬に触れた。

視線が結ばれ、カイネの微笑が伝染する。くすぐったくなるほど甘いひとときに照れながら、真士はカイネの背中に腕を回し、引き寄せた。

カイネは、いつも腕の中にいる。真士が目覚めたとき、必ず真士の胸に頬を擦り寄せ、心音に耳を澄ませている。決してどこへも行かないカイネ。クライオニクスに来る前は、ひとりで眠る時間が当然だったのに、いまではカイネの重みを感じて目覚めることが当たり前になっている。照れくさいけれど、心地よい。

「トクン…トクン…トクン……」

両掌で真士の肌を撫でながら、カイネが真士の鼓動を声にして報せてくれる。

「この音は、僕の名前の由来なんだ」

真士は胸元のカイネを見やった。カイネは慈しむような眼差しで、真士をじっと見つめている。

「僕の試験管を担当していた日本人のスタッフが、命名してくれたんだ。廻《めぐ》る音って書いて、カイネって。何度でも、この世に生まれ変われるようにって。ずっと鼓動が廻るように、永遠に命が輪《りん》廻《ね》するように……って。日本人ってロマンティストなんだね」

真士も、と指で鼻先を弾かれ、真士はわざと迷惑そうな顔をしてやった。自分ほどロマンティックから遠い人間はいないと思うのに、「真士はロマンの塊だよ」と言い返されてしまうのだから、悔しい。

「廻音って書くのか。英語だとばかり思っていたよ」

「真士って、なんにも質問してくれないよね。自分で想像して、勝手にひとりで納得してさ。日本人って、みんな、そんな感じなの？　国民全員、出来損《そこ》ないのエスパーなの？」

ユニークな不服を漏らした廻音が、真士の首筋に唇を押しつけ、強く吸いついてきた。

またか、と真士は苦笑した。真士の右の首筋、僧帽《そうぼう》筋の上あたり。いつも廻音は寸分たがわず同じ場所にキスマークをつけたがる。毎度のことで、すでに真士の首には消えない痣が青黒く残っていた。

最初これをやられたときは、慌てて廻音を引き剥がそうとした。こんなところにキスマークなどつけられては、人前で着替えもできないからだ。だが廻音は頑固なまでに抵抗し、真士の手を強引に払いのけてまで、首にベッタリと情交の痕を残してしまった。

抗議のため息をつくと、ごめん…と素直に謝ってはくれた。くっきりと鬱血している首筋を、申し訳なさそうに撫でる姿が妙に哀れで、すぐ消えるから大丈夫だよ…と思わず真士は慰めを口走ってしまった。それなのに、「すぐに消えたら困るんだけど！」と、理解できない文句を言われてしまったのだから、割に合わない。

あれから毎晩、この儀式が続いている。

ふいに、抓《つね》るような痛みが首筋に走った。いきなり廻音が噛みついたのだ。

「…ごめんね。痛い？」

「そりゃ痛いよ。噛みつくのは勘弁してくれ」

「…急に噛みたくなっちゃったんだ。ごめんね、真士」

ごめんねと可愛い声で言われれば、これ以上は叱れない。真士は廻音の髪をくしゃくしゃに乱しながら、「好きなだけ噛め」と返してしまった。我ながら、甘いにもほどがある。

噛んで満足したのだろう、廻音が真士の上に腹ばいになり、いつものように自分が灯した痣…というより歯形を、満足そうに眺めている。

「廻音、なにかあったのか？」

真士はつとめて優しく訊いた。それでなくとも今夜の廻音は、どこか様子が変だった。やたらと体を繋ぐ行為に固執しているような気がする。

ううんと首を横に振った廻音が、「明日、誕生日だから」と、理由にもならない返事をよこした。

「じゃあ、二十歳か？」

「うん、もう二十歳になっちゃうんだ。一生忘れられないバースデープレゼント、欲しいな」

愛くるしい目でキスをせがまれ、真士は苦笑しながらも、廻音の細い腰を抱き寄せた。わざわざ真士に「抱かざるを得ない理由」を用意してくれるところが廻音の策略であり、気配りだ。

だが、いつも廻音にリードされるのは癪《しゃく》だ。普段はシャイな日本人も、ここぞという場面では狼に変身できることを、そろそろ教えてやらなければ。アメリカ人並みの精力を身につけるのは無理としても、せめて想いを行為に変えなければ、いつか廻音に愛想を尽かされてしまいそうだ。

図々しくて大胆で、大らかで、知的好奇心が旺盛で。表情も表現も豊かなのに、人の心を思いやる繊細さも併せ持つ、理想のパートナー。

いや、理想というには語弊がある。なぜなら真士は、いままでパートナーに対して理想を描いたこともなければ、誰かと恋仲になることさえ、自分から望んだことがない。ゆえに、理想という言葉をここで引用するのは間違いだ。

恋愛事に関しては、なんの理想も希望も持たない真士の前に、廻音が現れた。そして、なくてはならない人になった。それが結論。

ただただ廻音が可愛い。一途に慕ってくれる廻音という存在が、無性に愛しくてならない。

もちろんそんなことは恥ずかしくて、口が裂けても言わないけれど。

「一生忘れられないプレゼントって、いつもより長めのキス…とか？」

「そんなの、ダメ」

「じゃあ、なにが欲しいのか言ってくれ」

「真士の、大きくて逞しいディック」

はっきり「それ」を指定されると、その表情と言葉のギャップにドキドキして狼狽えてしまう。

「大きいかどうかは、自分ではちょっと…」

言葉を濁すと、ふて腐れた顔で唇を突きだされた。そんな表情もまた格別だ。

「日本人は、すぐに謙遜する。それって悪い癖だよ」

「そうか？」

「そうだよ。だって真士、こんなにも大きいのに」

伸びてきた手に触れられて、ゆっくり握られ、上下に扱かれ、真士の息も荒くなる。

「ほらね？　大きいでしょ？」

囁きながら唇を啄まれ、うっとりとした視線を注がれて、真士は唾を飲みこんだ。どうしようもなく挿入したい。廻音に締めつけられながら、廻音の喘ぎ声を聞きたい。廻音を抱きたい。廻音を……悦ばせたい。

「挿れてもいいか、廻音」

「うん、挿れてほしい。真士とひとつになりたい」

「酷くしてしまうかもしれない」

激しいセックスを予告して、廻音の首筋を強く吸った。廻音の白い肌は、簡単に赤く染まる。真士は、その柔らかな肩にもキスをした。

「酷くしていいよ、真士。生きてる……って実感できるから、すごく嬉しい」

「廻音…っ」

夢中になって、真士は廻音の首筋に鼻を埋めた。擦りつけて、キスをした。どうしようもなく好きだ、この青年が。青年と言ってしまうには若干幼い、廻音という存在が。

「噛んで、真士も。もっと僕を欲しがって。この体にも心にも、真士の痕跡を残して」

「噛んでいいのか？」

「もちろん。だって、もう……僕は真士のものだから」

一度気持ちが昂ぶったら、もう制御はできなかった。白い肌に朱色の痣を残す行為に、夢中になっている自分がいる。真士は自身を挿入し、無心に腰を叩きつけた。

廻音の肉体が軋む。息が弾む。肌に汗の粒が浮く。互いの呼吸が荒くなる。廻音がぎゅっとしがみつく。

「真士、僕のこと、好き？」

「ああ」

「永遠に…？」

「ああ」

「ホント？　嘘じゃない？」

「ああ」

「真士ったら、ああ、ああ、ばっかり」

廻音が唇を尖らせた。真士の唇はごく自然に、その可愛らしい唇に吸い寄せられてゆく。

唇を押しつけ、艶めかしい舌を探して吸いあげると、廻音が切なげな声を漏らして腰を揺らした。

迴音の首に、うなじに、こめかみに、無数のキスを施していく。迴音の背中を片腕で抱き、腰を打ちつけながら乳首を嬲り、迴音のなにもかもが愛しいのだと、行為によって切々と伝えた。

「アぁ…ん」

気持ちいいのだろう、迴音が身を捩りながら胸を反らせる。真士はいったん腰を退き、迴音の桜色の粒を口に含み、舌先でくすぐってやった。嬌声を放って悦ぶ迴音のうしろを指で探り、襞の内側を優しく嬲ると、迴音は真士の腰に両脚を絡め、狂ったように頭を振った。

「挿れて、挿れて、真士っ！」

「挿れてるじゃないか、いま」

「指じゃなくて、真士の、ディックを……」

自分から脚を開いておきながら、迴音の顔は薔薇色に染まっていた。羞恥の涙か、長い睫が濡れている。膝を押さえる両手も震えている。

「お願いだから、早く、挿れて…っ」

迴音の頬に涙が伝う。泣くほど恥ずかしいくせに、こんな姿を晒してまで真士を欲してくれる迴音が、いじらしい。勇気を振り絞って耐えるこの姿を、もっと眺めていたいけれど。

「早くして、真士、もう……もう耐えられない」

急かされて、真士は苦笑いしながらその窄まった部分に先端を押しつけた。さっきも中で放ったばかりだ。襞はしっとり濡れている。簡単に真士のすべてを呑みこんでしまうだろう。

手を添えて広げ、自身を押しつけ、まっすぐに突きあげた。

「あぁァアッ！」

一気に根元まで押しこむと、廻音が身を震わせて絶叫した。廻音の嬌声に挑発され、無意識に強く打ちつけてしまう。掘るように押し入り、抉りながら引き、摩擦による快感を貪るように堪能した。

「あああ、す…、すごい、すごい！　真士…ッ！」

泣き叫ぶ廻音の狭さに感極まりながら、真士は無心で出し入れした。往来が激しすぎるのか、廻音の唇は薄く開き、瞼は痙攣し、いまにも失神しそうになっている。

細い喉が、エロティックに起伏している。赤味を帯びた廻音の肌を、艶やかな水滴が滑り落ちる。廻音は汗さえ真珠に変える。容姿はもちろん、少し生意気な口調も大胆な行動も、なにもかも宝石のように目映《まばゆ》い。

「いま僕は、真士と……生きてるんだね」

真士の頭にしがみつき、廻音が涙を流している。もっと悦ばせてやりたくて、真士はますますピッチをあげた。廻音の背がベッドから浮いても、構わず自身を押しこみ続けた。

「愛してる！　僕は、真士を、え…永遠、に、あ、あい、し……」

体の芯が発火する。神経が燃える。熱い汗が迸り、喜悦が血管を駆け巡る。

「真士、し…真士！　僕を愛してる…？　好き？　ねぇ、真士！」

「ああ」

「本当に？　真士、ねぇ、愛してるって言って、真士ッ！」

「……」

「真士ったら！　ねぇ、言ってよ！」

「ちょっと…いま、そんな余裕は…」

いまにも爆発しそうなものを必死で堪えているのだ。少しは集中させてほしい。

「言ってよ、真士！」

狂ったように身悶えた廻音が、真上の痣に歯を立てた。汗で滑る腕を爪に変え、真士の背を抱き、叫ぶ。

「僕は真士と生きたい！　真士を愛してる、愛してる、愛してる――――…ッ！」

ドクンッ！　と廻音が弾けるのと同時に、真士もまた、極まっていた。

「あ……ァ、ア…ッ」

「く……ぅっ」

陰茎がドクンドクンと脈打つたび、廻音の括約筋が、同じリズムで痙攣する。

ありったけの精液を搾り尽くし、真士は廻音の上で脱力した。

脈拍が早すぎて、うまく息が継げない。ひとまず真士は酸素を求めた。乱れた互いの呼吸と胸の起伏に意識を預け、思考を一時保留した。

だが、このまま眠ってしまいたい真士の欲求は、探るように廻音が押しつけてきた唇の熱に妨げられてしまうのだ。

「ん…っ」

「愛してる、真士。どうしてこんなに真士のことが好きなんだろう。好きすぎて、もう頭がおかしくなりそうだ」

涙ながらの告白は、確かに嬉しい。嬉しいが、舌を絡めてやる余力もない。それでも廻音は真士の首に両腕を回し、引き寄せて、余韻にひたる間も惜しいとばかりに貪ってくるのだ。

「お前、よく体力が保つな…」

惰性でキスしながら呟くと、廻音が唇を尖らせた。

「体力じゃなくて、メンタルの問題だと思う。でしょう？」

「でしょう？　って言われても……」

最近、こんなふうに問い詰められることが多くなったと、いま気づいた。そして、今夜の廻音は、また一段と切迫していて刹那的だ。

廻音のことは、もちろん愛している。愛が介在していなければ勃つわけがない。それも、男に。

だからこそ、勃つという事実だけで充分に伝わっていると思うわけだ、真士としては。

だが廻音は、真士が照れても嫌がっても、愛の言葉を連呼する。それが廻音にとって普通の感覚なのだとすれば、やはり自分は愛が足りない男なのだろうか。だから廻音を不安にさせ、質問魔にしてしまうのだろうか。

だからといって、アメリカ式に則《のっと》って「愛しているよ」と言葉に頼るのは抵抗があるし、自分には似合わない。せめて行動で「こんなにも大切にしている」という気持ちを伝えて、廻音を安心させてやろうと、最大限の努力はしているつもりだ。日本男児として。

「お願いがあるんだ、真士」

「なんだ？」

「一度でいいから、朝まで真士と繋がっていたい」

またしても難題を突きつけられ、うぅ……と真士は困惑の呻き声で抗議した。

「それはちょっと……というより、物理的に無理だろ」

「無理かどうかは、やってみないとわからないよ。だから今夜は抜かないで。ね？」

無茶な「お願い」をせがまれて、真士は当惑してしまった。この悪魔は、一体どこまで性欲旺盛なのだろうか。欲しがられて、嬉しくないと言えば嘘になるが、過度な要求に応じられない自分に対して、だんだん自信がなくなってくるのも、また事実。

「お願いだから、目覚めるまで僕の中にいて。僕の中で脈打ってて」

「だからそれは、人として無理だから」

説得する言葉にも覇気がない。残念ながら、そろそろ体力の限界が近づいている。もう今夜は、どう頑張っても勃起は無理だ。

真士は廻音の小さな顔を両手で挟むと、その可愛らしい唇に口づけて言った。

「なぁ、廻音。たまには静かに、他愛のない話に耳を傾けながら眠りにつくのも、悪くないと思わないか？」

柳眉を少し持ちあげて、廻音が首を傾げる。

「俺の祖父母は、とても仲がいいんだ。もうセックスする歳じゃないけど、いつもふたりで寄り添うようにして眠るらしい。夜中に、生きてるか？　って、爺さんが婆ちゃんの手を握るそうなんだ。すると婆ちゃんも、生きてますよって優しく握り返すらしい。そうするだけで安心して眠りにつけるって笑ってたな、婆ちゃん」

「とても素敵だね、ふたりとも」

「だろ？　体を繋ぐのも楽しいけど、精神的な結びつきも充分幸せだと思うよ、俺は」

「…だから日本人は、本心を胸に秘めておくの？」

「人によるよ。でも俺は、大事な言葉は最後までとっておくタイプだ」

「言わないわけじゃなく、とってあるんだね？　デザートみたいに」

ふふ、と廻音が笑った。つられて真士も笑ってしまった。愛していると言わない理由をバラしてしまった。でも……それも、いい。それがいい。

「大事だからこそ、軽々しく口にしたくない。そういうことで……理解してくれ」

「わかった。理解してあげる」

微笑んだ廻音が、鼻の頭にキスをくれた。肩口の痣の上にも唇を強く押しつけて、痕が消えないことを確認し、よかった……と優しい安堵をぽつりと漏らす。

仰向けになって目を閉じると、早くも睡魔に襲われた。廻音とのセックスは、フルマラソンに匹敵するほどの体力を要する。それほど自分も必死であり、廻音を愛している証拠だと……本音が伝わっていれば幸いだ。

ドロリと溶けてしまいそうな真士の意識に、廻音がそっと投げかけてきた。

――ずっと、僕を愛してくれるよね？　……と。

その声は単なる事実確認のようでもあり、また、どこか悲壮な響きも帯びていた。

こんなにも行動で示しているにも拘わらず、まだ不安が拭えないとは。……困った。

ここは一発、「愛しているに決まっている」と、開き直って告白してやるしかないかと、戸惑いながら照れている間に、情けなくも真士は睡魔との戦いに敗北した。

「カイネ、気分はどうだ？」

「うん。良好」

「じゃあ体、洗浄しよう」

噴霧器による消毒のミストを浴び終えた廻音は、ケヴィンに促されるまま処置室の手術台にあがり、仰向けに寝そべった。

ケヴィンが廻音のガウンの紐をほどき、前を開く。ひんやりとした空気が肌に触れたのは一瞬のことで、すぐに空調が廻音の体温に合わせて自動調節をスタートする。

直後、ケヴィンが息を詰めた。廻音は眉を跳ねあげ、なに？　と、わざと訊いてやった。ぶつかった視線を先に逸らしたのは、顔を真っ赤に染めたケヴィンだ。

彼の困惑の理由を知りながら、廻音は惚《とぼ》けた。

「僕の体がどうかした？　ケヴィン」

「え、あ…と、これ、どうしたのかなーと思って…ハハハ」

廻音の肌に、点々と散った痣…キスマークを直視できないのか、ケヴィンがしどろもどろになる。反して麻酔を準備中のリリアは、なんでもないことのように笑み崩れている。

「なぜ驚くの？　ケヴィン。あなただって恋人とセックスくらいするでしょう？」

からかわれて、ケヴィンがさらに赤くなる。吸入用のマスクを消毒しながら、リリアが廻音にウインクをくれた。照れるようなことじゃないのにね、と。

「ゆうべは、いっぱい愛してもらった？」

「うん、いっぱい愛してもらったよ」

伝えることは誇らしかった。リリアが一層目を細める。

「よかったわね、カイネ」

「…うん。ありがとう」

答えることは幸せだ。幸福で満たされる気がする。

廻音の口元にプラスチック・マスクが宛がわれた。漏れがないようチェックしながら、「痛くない？」とリリアが優しく気遣ってくれる。「大丈夫だよ」とマスク越しに答え、廻音は全身の力を抜いた。ついに眠りに落ちるのだ。

「四カウントで深呼吸して」

言われて廻音は、そのとおりにした。頭の中で一、二、三、四……と数えながら息を吸うと、麻酔薬が肺に浸透していくリアルな感覚に見舞われた。一般的な麻酔薬は注射を穿つタイプだが、今回のパターンでは、液体を使用するわけにはいかない。麻酔液が体内で凍ってしまったら、体組織や血管を損傷する恐れがあるからだ。

スローにじわり…と効いてくる吸入麻酔薬のおかげで、いきなり眠気に襲われずに済む。まだもう少し、この世界を眺めていられる。

平常心のリリアを見習ってか、ケヴィンが気を取り直し、廻音の体を消毒してゆく。特に下腹部は排泄孔内の雑菌をとり除くため、念入りに行わなくてはならない。

廻音はケヴィンの手を煩わせないように、仰向けに寝たままの体勢で膝を立て、脚を左右に開いた。ケヴィンがそこに屈みこむ。

ガーゼが襞に触れたとき、廻音は、あ、と声をあげた。

「ねえ、ケヴィン」

「え、な、なんだっ？」

弾かれたように、ケヴィンが慌てて顔を起こした。まだ廻音の体には、ゆうべの余韻が残っている。襞口も腫れているはずだ。引き攣ったケヴィンの表情が、廻音からは見えない秘部の状態を克明に物語っている。

こんなことで戸惑うケヴィンが、なんだかおかしい。廻音は彼らと人生について語りあったことなどなければ、愛だの恋だのの相談もしたことはない。もしかしたらこれが彼らに見せる最初で最後の、廻音のプライベートかもしれなかった。

「あのさ、ケヴィン」

「あ、ああ」

「膀胱洗浄は、やってもいいんだけど…」

「けど、なに？」

「直腸の中も、洗わなきゃだめ？」

「え？　そりゃ当然だけど……どうして？」

廻音の質問の意図が、ケヴィンには伝わらなかったようだ。リリアがプッと噴きだして、説得役を引き継いでくれた。

「ねぇ、カイネ。恋人の細胞を連れていきたい気持ちはわかるけど、やっぱりちゃんと消毒しなきゃ」

同情の笑みを浮かべるリリアに、ケヴィンがようやく気づいて、そりゃそうだとチーフらしく首を振った。が、頷いた直後にエッと驚き、とたんにカァッと赤面するのが愉快すぎて、思わず体を曲げて笑ってしまった。

からかうつもりはないけれど、なんだか今朝は高揚して、悪ノリの歯止めが利かない。

「ねぇケヴィン。だったら胃洗浄もしたほうがいいかな？」

「え？　胃？　なにか食べたのか？　食事は禁止って言っておいたじゃないか」

患者の違反に、ケヴィンが真顔で目を吊りあげた。が、廻音は首を横に振って否定した。

「食べたんじゃなくて、飲んだんだよ。精液を」

これにはリリアも絶句した。


廻音の顔の前で、リリアが指を立てる。一本、五本、二本……。リリアの細くて長い指が示す数を、廻音は意識のあるかぎり復唱する。

その指が、次第に霞み始める。輪郭が不鮮明になり、遠離《とおざか》る。目の焦点が合わない。唇の動きが緩慢になる。意識が、朦朧と、してくる……。

脳が萎んでいくような恐怖感に侵されながら、廻音は最後の力を振り絞って唇を動かした。だが体に力が入らず、声帯の筋肉も動かせず、声にはならない。話すという行為に体力を要することを、最後の最後で廻音は知った。知識を得るのが遅すぎる。言いたいことは、まだたくさん残っていたのに。

「真士、に…」

「真士に、黙っててゴメンって……伝えて」

ぼやけた視界の中で、リリアが何度も頷いている。すでに輪郭のないリリアの幻に向かって、廻音は最後まで懸命に、必死で唇を動かした。

覚悟も決心も、物心ついたときから備わっていたはずだったのに。

自分が生まれてきた理由は、今日この日のためにあるのだと、とうの昔に納得したのに。

それなのに、この期に及んで、こんなにも感情を揺さぶられるなんて。

「言おう、って、何度も……思った、けど…、どう、して…も、言えな、かった…。だから、ゴメンナサイ…って、つた、え…」

「わかったわ。必ず伝える。約束する」

安心したとたん、目頭が熱くなるのを感じた。

これは悲しみだと気づくと同時に、言い知れない圧迫を胸の奥に感じた。それは苦しくて切なくて寂しくて、焦がれるほどに愛しい、真士への哀惜だった。

「しん……――じ」

もっと、真士と過ごしたかった。

もっと、真士と話したかった。

このまま永遠に分かたれても、一秒だって真士の温もりを忘れないくらい、いっぱい、いっぱい、何度も何千回も何万回も、真士とひとつになりたかった。

「こういう…こと…なんだね、シン、ジ…」

愛の言葉を、最後まで口にしてくれなかった真士の本音が、いまになって理解できてしまった。いまさら、もう遅いけれど。

本当にもう、手遅れだけど。

「大事な……こと……、言わなくて…ゴメン――…」

結局お互い、言えなかった。言えば、なにかが変わってしまいそうで、恐くて。悲しみが溢れて止まらなくなりそうで、とても……不安で。

廻音の呟きに呼応するように、なにかがポタリ…と廻音の耳元に落ちた。リリアの涙だろうか。

そんな廻音の目元を、ケヴィンがガーゼで優しく拭ってくれている。廻音もまた、涙を流していたらしい。

「真士…」

意識と肉体が、急降下する。

視覚が、聴覚が、消滅する。

瞼が重い。体中の血液が、全身の毛穴から押しだされてゆく感じがする。

とても怠惰に、スローに、温《ぬる》くて重い底なし沼へ沈んでいく。

「シ……ン…」

シンジ——……。

眠りに墜ちる瞬間。

照れながら「愛してるよ」と囁いてくれる真士の笑顔が、見えた気がした。


目を覚ますと、部屋に廻音の姿はなかった。

サイドテーブルの上に、「先に行きます」と書かれたメモが一枚置かれているだけだ。

廻音が置き手紙とは珍しい。いつもなら有無をいわせず、「時間だよー」と真士を叩き起こすすくせに。そして、そのまま寝起きのスキンシップに突入を余儀なくされるのだ。つい応じてしまうものだから、最近の真士は出勤前から疲労困憊が続いている。

「とりあえず今朝は、免れたわけだ」

ごく自然に零れてしまった解放感がうしろめたくて、真士はとっさに苦笑いで誤魔化した。

ベッドから降り、バスルームへ直行する。蛇口を捻ると、三十九度に設定してあるシャワーが情事の残り香を流してくれた。

ふと真士は、肩口に不快を覚えて目を留めた。そして、ウォールミラーでその正体を確認すると……いや、肩だけではない。浅黒い地肌よりさらに濃い土色の情事の痕が、首筋にも胸の上にも、腕の内側にも点在している。

「うわぁ……」

思わず真士は眉を顰めた。キスマークなどという色っぽさは微塵もない。ほとんどが歯形と爪痕なる、凄まじい状況だ。

まるでイヤがる相手に反撃されたみたいじゃないかと、さすがにこれは狼狽する。どんなに嫌がっても押さえつけられ、挿入を強要されているのは、じつは自分のほうなのに…と、誰かに弁解したい衝動に駆られる。

洗って落ちるはずがないと知りつつも、真士は鬱血している傷のひとつひとつを指でほぐした。だが、首筋の右側……僧帽筋の上だけは、最初から諦めて肩を落とした。

右側の、僧帽筋。

ここはもう毎夜のことで、すっかり黒い痣に変貌している。今回は案の定、なんとも立派な歯形つきで、瘡蓋《かさぶた》まで完成だ。

もしかして廻音は、真士の頸動脈を噛み切って、抹殺しようと企んでいるのではないかと、本気で疑ってしまいそうだ。

「あのヤロー」

チッと舌打ちしたところで、廻音いわく「真士が怒っても、ちっとも怖くない」そうだ。確かに鏡の中の自分を渾身の目力で睨みつけても、微塵の迫力も感じられない。

この研究施設へ来たころは、もう少し目尻が締まっていたように思うが、廻音と夜を共にするようになってから、目尻どころか、鼻の下も伸びたように思えてならない。

廻音のことを考えるだけで、自然に頬が弛んでしまう。廻音が目の中に入ったとしても、いまならおそらく痛くない。要するに、愛しいという一言に収まりきらないほど存在は大きく、なおかつ重要なポジションにいるわけだ、あの廻音は。

もはや廻音のいない生活など考えられない。男として情けないが、それが本音だ。だが絶対に口では言わないし、態度に出すのも最小限に留めておきたい。それは男としてのプライドだ。

廻音は「愛してる？」と訊けば「愛してるよ」と返ってくる甘い関係に憧れているのだろうが、日本男児たるもの、そういう軟派な態度を取るべきではないと、厳しくこの身に叩きこまれている。母と妹を亡くしてから、心身を鍛えるために武道を身につけ、硬派で通っていた真士に、いまさら軽薄な真似はできない。

しばらく夜勤にしてもらおうかと、じつは本気で迷ったことがある。そうすればセックスを断る理由になるからだ。そこまで考えながらも、やはり廻音の顔を見てしまえば、豆腐のように気持ちは崩れる。

このままでは良くないことは、わかっている。なによりもまず、なんのために渡米したのかということだ。もちろん研究は堅実に進めている。だがときどき、廻音への思いが研究欲を上回るから……かなり困る。

「せめて翌日の仕事に障るセックス・ライフは、早急に改善すべきだ」

鏡の中の自分にビシッと人差し指を突きつけ、わかったな？　と言い聞かせた。

やっと半年の研修が終わり、来月からは晴れて医療班のドクターだ。もっと気を引き締めて臨まなければ。生まれたときからここにいる廻音に流されてはならない。

真士は目元に力を入れてみた。だがやはり、迫力は皆無。廻音に、完全に骨抜きにされている感が否めない。

「ゆうべも結構、搾り取られたよなぁ」

露骨すぎる表現に、真士は慌てて口を噤んだ。改善がどうのこうのと自問しながら、堂々めぐりの域を出ないのは、じつは毎朝のルーティンワークだ。情けない。

「要するに可愛すぎるんだ、あいつが」

自分で言って、自分で照れる真士であった。

だが絶対に明日こそは！　と勢いをつけて頭を振る。弛んだ精神に喝を入れるため、湯を水に切り替えた。肌を打つ冷水が心地いい。ここの生活のなにもかもが有意義に感じられるほど、毎日が充実している。

結局は廻音のおかげで、心身の健康が保たれているというわけだ。

「よーし、今日も頑張るぞ！」

言って、真士は両手でパンッと頬を張った。

体の芯まで、ピリッと引き締まる思いがした。


「ヘイ！　ヘイ、マツミヤッ！」

よく通るバリトン・ヴォイスが飛んできて、真士はうしろを振り向いた。

バタバタと廊下を駆けてくる白衣は、シカゴ医大出身のアメリカ人、ジャック。彼は真士がここへ来て一カ月後に着任した黒人で、十歳も年下の真士に、なにかと世話を焼いてくれる心優しき大男だ。

ハァハァと息を弾ませているジャックに、真士は挨拶代わりに片手を上げた。

真士の肩をグッと掴んだジャックが、ゴクリと大きく息を呑み、落ちつけ…と声を震わせる。真士は思わず吹きだしてしまった。

「ヘイ、ジャック。まずはあなたが落ちつくべきだ」

言いながら、ジャックの胸板を拳でノックすると、ジャックは太い首を横に振り、目を大きく見開いた。

「知ってたのか？　マツミヤは知ってたのか？　カイネのこと」

廻音と言われて、真士は反射的に周囲を見回してしまった。廻音とつきあっていることはクライオニクスの誰にも話していない。もしや、バレてしまったのだろうか。

「廻音が、どうかしましたか？」

平静を装って訊き返したが、ジャックの眼は異様に血走っている。つられて真士も真顔になる。

「どうしたんですか、ジャック。なにがあったんですか？　言ってくれなきゃわからない」

「Oh my God、Oh my God……」

「ジャック！」

鋭く言って覗きこむと、ジャックの厚い唇がブルブル震えた。

「こんな、こんな酷いコト、カイネがオーケーするなんて…！」

焦れったくて、真士はジャックの腕を掴んで揺さぶった。大きく息を吸いこんだジャックが一気に吐きだす。

「被験者になるんだ、カイネが！　まだ生体は、動物実験の段階なのに！　それなのにカイネは実験台になる。生きたまま凍るんだ！　生きているのに、カイネは患者になる！　生きてるのに……ッ！」

頭を抱えこみ、ジャックが廊下に崩れ落ちた。四つん這いになり、嗚咽を絞りだしている。そんなジャックの姿を、真士は呆然と視界に映していた。

ジャックが発した言葉を理解するまでに、かなりの時間が必要だった。

理解したような気がするのに、手足がまるで動かない。なにか言いたいのに、喉が固まって声がでない。

廻音のゆうべの笑顔が、嬌声が、頭の中でリフレインする。

辛うじて、後ずさりはできた。だが、そのまま膝がカクンと抜けてしまい、とっさに壁に手を突き、転倒を免れた。

「悪いジョーク……は…」

「ジョーク？　ノー、マツミヤ！　俺はジョークなんて言ってない。悪いジョークは、この現実だ！」

ゆうべ廻音は、真士になにも言わなかった。

いつもより、少しわがままだっただけだ。特別なにかを悲しむ気配も、訴える様子もなかったように思う。

今朝だって、真士を置いて、ひとり、さっさと出勤して――。

足が動いた。前に、でた。真士は腕を前に伸ばした。

カイネを――助けなければ。カイネを。

「マツミヤーッ！」

ジャックの声を振り切って、真士は廊下を駆けだしていた。


真士は渾身の力で処置室のドアを叩いた。でも、誰も反応してくれない。

ノブを掴むが、固い。何度回そうとしても同じだ。完全にロックされている。真士がどんなに開けようとしても、ドアはビクともしない。

「廻音！」

応答はない。真士は処置室の脇から延びている階段を一気に駆けあがった。ここには処置室の内部を見渡せる、中二階の監視室がある。そこからなら、処置室の中でなにが行われているか一望できる。

息もつかずに駆けあがり、薄暗いそこへ飛びこんで――。

ぎくり、と竦んだ。

真正面に、人がいた。中肉中背の、白衣の老紳士だ。

クライオニクス研究施設の責任者であるクレイン施設長が、ゆったりとした仕草で真士を振り向き、やぁ、と言って目を細めた。

竦んでしまった足を気持ちで動かし、一歩進むと、壁際に立っていた屈強な体躯の警備員が真士の前に立ちはだかった。抗議と知って阻止するつもりか。

真士は警備員の向こう側を…白髪のクレインを睨みつけた。クレインは口元に蓄えた白い髭を撫でつけながら、左前方の窓を目で示した。警備員が後退する。真士は苛立ちを露にしながら、その窓に駆け寄った。

処置室を見下ろし、息を呑む。青い滅菌衣をまとったスタッフが五人、手術台を囲んでいる。その中には、いつも真士や廻音と一緒に働いていたリリアとケヴィンの姿があった。

いつもは陽気な彼らが、無表情に、まるで機械のように、黙々と作業を進めている。

そしてそのセンターにある手術台の上には――。

「廻音…？」

全裸の廻音が横たわっていた。

クライオニクスの患者と同じように、無数のチューブを這わされた廻音の姿を見たとたん、全身に悪寒が走った。直後に体が熱くなり、ふつふつと汗まで浮いてくる始末だ。

カイネは完全に血の気が失せていた。皮膚は全体に青みを帯び、蠟《ろう》のように固まって見えた。

知っている。あれは、あの状況は、すでに仮死状態を迎えている。

「廻音――ッ！」

窓に向かって拳を振りあげた瞬間、両肩に激痛が走った。警備員にうしろから羽交締めにされたのだ。

懸命に抵抗するが、屈強な警備員はビクともしない。抵抗を封じられたまま、真士はクレインに向かって怒りをぶつけた。

「施設長！　あなた、廻音になにをしたんですか！　自分のやっていることが一体どういうことか、わかってるんですかッ！」

激高する真士とは対照的に、クレインの口調は怒りを覚えるほど穏やかだ。

「きみは、わかっていないようだね。マツミヤ」

「当たり前です！　こんな滅茶苦茶な状況、わかるわけがない！　一刻も早く廻音を戻してください！　早くしないと手遅れになってしまう！　こんなこと、有り得ない…」

「有り得ないと思われることに挑戦するのが、我々の仕事だよ。マツミヤ」

情の欠片《かけら》もないセリフに、真士は思わず両拳を固めた。殴ってやりたい衝動に駆られる。

だが、言い争いをしている場合ではない、こうしている間にも、処置室では無情にも作業がどんどん進行しているのだ。昨日まで一緒に笑っていたリリアも、ケヴィンも、廻音を生きたまま凍らせる残忍な悪魔に成り下がっている！

真士は処置室に向かって、何度も「やめろ！」と絶叫した。

「これは仕事じゃない！　殺人だッ！」

「殺人？」

真士の背後で、クレインがポツリと疑問を零した。

「これの、どこが殺人なんだね？」

不思議そうに問われることが理解できず、真士はクレインを振り返った。

「きみはいままでこの施設で、一体なにを学んでいたのかね、マツミヤ」

踵を鳴らして窓に近寄ったクレインが、悠然と処置室を見下ろす。処置室を照らす無影灯が、クレインの非情な表情をガラスに浮かびあがらせる。

「きみは彼らが蘇ると信じているからこそ、フェニックス計画に賛同したのではなかったのかね？」

私情を交えていることを暗に責められ、真士はクレインから目を逸らした。確かに真士は、この計画に賭けている。存在価値も認めている。だがそれは、研究の対象が「遺体」だからだ。生きた人間を、生きたまま冷凍するなど許されないと思っている。

それに現段階で、遺体の復活はまだ不可能な状況だと誰の目にも明白だ。そこすら克服していないのに、こんな絶望的で無謀な生体実験に賛成できるわけがない。

ましてや被験者は、廻音なのだ！

「こんな無謀なチャレンジに、廻音が応じるわけがありません！　いますぐ廻音を解放してください！」

真士の訴えを聞いていたクレインが、寂しそうに眉を寄せた。そして首を横に振ったのだ。

「黙って送ってやってくれないか」

「え…？」

「彼はなにもかも承知している。だからきみも騒がずに、静かに彼を見送ってほしい」

「承知している？　廻音が？」

「なにが手遅れかは知らないが、実験なら順調だ。カイネもきっと安心している」

クレインはあくまで冷静だった。その微動だにもしない態度が、ふいに真士を不安にさせた。

たしかジャックが言っていた。廻音は実験台だと。廻音が……オーケー、したと。

「待って下さい。安心…って、廻音が？　こんな状況の、一体どこに安心しろと…」

「安心しているだろうよ、カイネは。それが彼の仕事なのだから」

「廻音の……仕事？」

穏やかな視線で見つめられ、言い知れない不安が渦巻いた。

クレインの言うとおり、生きたまま凍ることが廻音の仕事なのだとしたら……？

もし本当に、そうだとしたら？

廻音は、いつから自分の宿命を知っていたというのだろう。

「二十歳のバースデーに、被験者として眠りにつく。これは彼を創ったときから決定していたことなんだ」

「創ったとき……？」

ぞくりと背筋が寒くなった。創ったという、その無機質な表現に。

「廻音は施設長にとって、ただのマウスなんですか…？」

廻音は人間だ。温かい心を持っている。悲しみも苦しみも悦びも知っている、ごく普通の人間だ。それを、創ったなどと物のように扱われて、いまや怒りと悲しみは、真士の体内で爆発寸前にまで肥大していた。

「勘違いしないでほしい、マツミヤ。我々と同じ哺乳類であるマウスは、研究に欠かせない重要なパートナーだ。マウスなしに医学の進歩はない。要は、承知しているか、していないかだ」

「廻音が承知していたとでも…？」

クレインはなにも言わなかった。ただ無言で真士の目を見て、ひとつ頷いただけだった。

真士は混乱していた。そんな話、信じられない。

なぜなら廻音には心がある。感情がある。未来がある。生活がある。日常があり、恋人がいる。松宮真士をひとり残して生体実験の被験者になるような人間ではない。あんなにも真士を愛していたのだから。あんなにも真士を欲しがり、いつでも側にいたがったのだから。廻音は拒絶したはずだ。きっと泣いて拒んだはずだ！

「カイネは自ら処置台に上がった。それが真実だ」

真士は無言で首を横に振り続けた。騙されてはならない。あの廻音が、真士と離れて生きられるはずがない。ひとりで未来へ行くはずがない。

ただひとつ理解できたのは、だから廻音はゆうべ、あんなにも執拗に「刻印」を求めたのだ。一生消えない傷をつけることに、ムキになっていたのだ。だから言葉を求めたのだ。

真士の言葉を。自分が真士の心の中で生きているという証を。

全力で、愛の痕跡を欲しがって。

いつだって真士の腕をたぐり寄せて、いつだって体の中に真士を感じたがって、真士とひとつになる時間を、濡れた瞳で、毎夜、毎夜、生きている時間の証として――――。

「廻音…っ」

だから廻音は互いの体に刻みつけようとしたのだ。愛し合った事実を道連れに、永遠の眠りにつくために。

真士は自分の首筋に手を添えた。廻音が長い時間をかけて刻みつけた傷…右の首筋を、震えが止まらない手で押さえると、一気に嗚咽が噴きだした。

「廻音、廻音、廻音……っ」

膝が震える。鼓動が乱れる。立っているのが苦しくなり、真士は膝から崩れ落ちた。冷たい床に膝と手を突き、気がつけば号泣していた。男は人前で泣くものではないと言われ続けて生きてきた。だが止まらないのだ、涙が、悲しみが。大きすぎる絶望が。

「廻音を返してくれ！」

固い床に爪を立てながら、真士はなりふり構わず絶叫した。いつか官邸に向かって叫んでいた父のように、身も世もなく形相を歪め、全力で声を迸らせていた。

いまわかった。父の気持ちが。戻らないとわかっていながら縋らずにいられない、この苦しみが。

「俺に廻音を、返してくれ――――ッ」

愛する人が、生きているのに殺されたのだ。

生きたまま、氷にされてしまったのだ！

蹲《うずくま》って身を震わせている真士を哀れに思ったのか、クレインが真士の肩にそっと手を置いた。

「カイネがここで製造された試験官ベビーだったことは、知ってるね？」

製造という表現は受け入れ難い。血が出るほど唇を噛みしめ、真士はクレインの手を振り払った。

「彼は出生登録もしていなければ、国籍もない。要するに米国に所属していないんだ」

驚いて、真士は顔を跳ねあげた。冷酷極まりない扱いに耳を疑う。

「そんなことが行われていいんですか？　この世の中で、そんなことが…」

「政府がそれを許可している。マウスを使った実験で正確な臨床結果が得られない場合は、実験用の人体を代用してもやむを得ないとされている」

「政府が……許可？」

頭の芯がグラリと揺らいだ。まさか、この世の中で、ここまで命が軽んじられていようとは。

吐き気がするほどの怒りを覚え、我を忘れて床を殴った。何度も何度も拳で叩いた。皮膚が裂け、血が噴きだしてもなお、収まらない感情を床にぶつけた。

「現在の冷凍保存技術で、細胞のみ三十四年間、生かし続けた例がある。ならば人体なら…人間そのものならどうかと、科学者であれば誰でも考える。冷凍保存で、人はどれだけ生き長らえるか。そして果たして蘇るのか」

「それが……廻音なんですか」

「そうだ。受精卵になった瞬間に、カイネはチャレンジの任務を課せられた。私たちだけの意思ではない。これは国家の要望だ。被験者の身体機能が安定する二十歳にと、二十年前から決定していたことだ」

真士に向けられたクレインの目は、うっすらと赤みを帯びていた。その理由を、クレインが淡々と述べた。

「カイネは息子同然だ。カイネが人口羊水の中で成長する姿を、私はずっと見守ってきた。手足が生え、心臓が小さく脈打って……カイネはじつに素直な子に育ってくれた。限られた時間だったが、私はできるかぎりのことを、あの子に教えたつもりだ。だがひとつだけ、人と愛しあう行為だけは教えなかった。教えてはいけないと思っていたからだ。だから私も周囲の者も、あの子に深く関わろうとはしなかった。関われば、きっとカイネが…おそらく自分たちも別れが辛くなる。カイネ自身も、それは知っていたはずなんだが…」

クレインが言葉を止め、優しく目を細めた。

「あれは……マツミヤ。きみが？」

処置室へと顎をしゃくられ、真士は這うようにして窓に近寄った。ガラス面に手を突いて体を支え、横たわる廻音に視線を投じた。

蝋人形のような廻音の肌には、ゆうべ真士が灯した痕が枯葉のように散っていた。

真士は答えなかった。ただ、どうしても聞きたいことがあった。廻音を見つめたまま、か細い声を絞りだした。

「納得……していたんですか？」

実験台として産まれた宿命を、廻音は受け容れていた。こんなにも儚く閉じる人生と知りながら、廻音は一体、なにを思って生きていたのだろう。

最初から、二十年より先の未来を諦めて生きてきたのだろうか。だとすれば、なぜ真士を求めたのだろう。

いや――――違う。だからこそ、廻音は真士を求めたのだ。

生きたくて。

全身全霊で、脈打つ命を感じたくて。

廻音こそが、生きることに必死だったのだ。終わると知っていたからこそ、限りある時間を懸命に輝かせたのだ。

「カイネは納得していた。疑問すら口にしたことはなかったよ。……本当に、強い子だ」

はっきりと、クレインが認めた。真士はもはや言葉すらなく、血まみれの両手で顔を覆い、ただ泣いた。

すべてを覚悟しながら、無限の愛情を注いでくれた愛しい恋人。

最初から別離が来ると知って真士を誘い、真士にキスをねだり、真士の腕の中で愛を覚え……愛していると繰り返してくれた。

廻音は一生分の愛を、真士に与えてくれたのだ。

廻音が憎い。そして同時に、心から愛しい。一緒に凍ってしまいたいほど、廻音が愛しい。

「あ……」

愛していると告げかけて、真士はとっさに唇を噛んだ。いまさらそれを口にするのは、廻音に申し訳ないような気がしたのだ。

だが自分は、間違いなく廻音を愛している。誰よりも愛している。廻音以外は必要ないと思うほどに。

それなのにもう、それを伝える術はない。

「医学の進歩に、犠牲は必ずつきものだ。…マツミヤ。きみには申し訳ないと思っている。だが、もしこれがカイネでなくても、次に控える被験体が、この実験に身を投じていた。今回は偶然にも、きみが愛したカイネだったと…そういうことだ。人類の未来と希望のためにカイネは創られ、そして当初の計画どおり眠りにつく。……冷凍保存目標期間は三十五年だ。細胞の生存記録を、一日でも……できれば一年は更新したい。そして、記録を伸ばせるものなら、もっと伸ばしたい。最終目標値は五十年だ」

「記録のために、廻音を利用しないでください！」

「もちろんだとも。だから私は信じて研究を続けるのだよ。カイネは死なない。カイネは必ず蘇生する。そう信じて、私たちは努力しよう。カイネの命と勇気を無駄にしないために」

腫れあがった瞼を閉じ、再び大きく見開いて、真士は処置室を凝視した。

「もう一度訊こう、マツミヤ。きみは、なんのためにここへ来た？」

「命を……未来へ繋ぐためです」

「だったらきみのやるべきことは、ひとつだ。取り乱している時間などない。そうだろう？　マツミヤ」

言われて真士は、廻音を見つめた。廻音の肌は青白さを通り越し、いまや蒼黒く変色していた。命の息吹は伝わってこない。

それでも廻音は美しかった。この世で最も美しい人間が、赤いシートに包まれてゆく。あの瞼も唇も、もう真士を求めてはくれない。可愛らしい声で、真士に甘えてはくれないのだ。

もう二度と、あの微笑みは、真士に注がれることはないのだろうか。

もう、二度と？　――――――――――いや、違う。

「…施設長」

真士は目を見開いた。青白い廻音の姿を網膜に焼きつけ、言った。

「俺は廻音を、このまま終わらせたりしません。絶対に蘇生させます。フェニックス計画を成功させます。何年かかろうとも、必ず！」

はっきりと断言し、ガラスに両手を押しつけた。廻音が凍結してゆくさまを、脳髄に刻みつけるために。

赤いシートにくるまれた廻音が、アルミ製の銀色の円筒コンテナ……棺に納められた。

三メートルの棺の上からダクトが通され、最初に頭部が、次に体が零度にまで冷やされてゆく。

液体窒素がコンテナの中を満たし、廻音を凍結させてゆく。

真士は窓を拳で叩いた。全身の骨が軋むほどの寒さに歯の根が合わず、唇が震える。廻音とシンクロしているとしか思えない。

だが廻音は、こんな寒さとは比較にもならないほど冷たく暗い、氷点下の世界へ墜ちてゆこうとしているのだ。

「廻音…」

廻音の苦しみが、痛みが、孤独が、乗り移ったかのようだった。真士はガチガチと歯を鳴らしながら、廻音の名を呼び続けた。

側にいるから。ずっと側にいるから……絶対にひとりにしないから。心の中で、そう何度も繰り返しながら。

「廻音、廻音……っ」

コンテナ内部の温度を表示している測定値が、下降してゆく。廻音がゆっくり凍ってゆく。

廻音の髪も、唇も爪も、細胞も臓器も呼吸も、蒼く白い氷柱になる。

どんなに寒いだろう。

ひとりで、どれほど心細いだろう。

温めてやりたい。欲しいというだけ抱いてやりたい。廻音が疲れて眠るまで、熱いキスを繰り返し、あの細い体を、いま、この腕で温めてやりたい！

「廻音！」

真士の目の前で、コンテナから蒸気が立ちのぼった。

銀色のアルミの表面が、一瞬にして白い霜に包まれる。

薄氷の膜に、ビシビシッと亀裂が走り、ブゥン……とひとつ振動した。そして。

「廻音――――ッ！」

マイナス一九六度で、ついに棺は沈黙した。

施設長が監視室を去る気配を背中で感じながら、真士は廻音が眠る棺を、視線と心で抱きしめ続けた。

『お願いだから、目覚めるまで僕の中にいて』――――。

縋るような囁きが、真士の胸を掻きむしる。

『僕の名前の由来なんだ。永遠に命が輪廻するように……って』

『いま僕は、真士と……生きてるんだね』

『僕は真士と生きたい！』

『先に行きます――……』

次々と廻音の声が蘇る。真士は身を捩りながら嗚咽した。

先に行く。だから、未来で会おう。生きて必ず再会しよう――廻音は真士に、それを伝えたかったのだ。悲しまないで。死ぬわけじゃないから、と。

そうだ……と真士は頷いた。ともすると弱くなりがちな自分自身に、何度も言葉にして言い聞かせた。

「廻音が覚悟していたのは、死ぬことじゃない。そうじゃないんだ！」

その呟きは、絶望の中に射《さ》す一抹の光明となって、真士の胸を真っ直ぐに射た。

「死ぬためじゃない。生きるために、再び目覚めるために、廻音は眠りについたんだ！」

真士は拳で窓を殴った。特殊ガラスは割れることなく、鈍い音を立てて震動しただけだったが、下にいたリリアとケヴィンがこちらを見あげ、驚いて目を見開いている。

リリアが唇を震わせる。ケヴィンが左右に首を振る。彼らもきっと辛いのだ。苦しいのだ。そんなことはわかっている。だが真士は、構わず叫んだ。

「俺は廻音を、絶対に死なせない！」

誓うと同時に、心臓が裂けたかと思うほど激しい後悔が胸を焼いた。

なぜもっと、廻音に優しくしなかったのだろう。なぜ廻音が、いつも側にいると思いこんでいたのだろう。なぜ廻音にひとことと――。

愛している、と。

俺もお前を愛していると、なぜ伝えてやらなかったのか。

人生は突然、目の前から消え失せるのだ。予告もなく、こんなふうに。

知っていたはずなのに。命の尊さも、その脆さも。

「廻音――ッ！」

真士は誓った。必ず廻音を、この手で蘇らせてみせる。

そして、今度こそ廻音に言葉で伝えるのだ。

命を賭けて、お前ひとりを愛していると。

▼二〇三四年・ニューヨーク

……水の音が、する。

細かな気泡がコポコポコポ……と音をたて、肌の上を転がるようにして昇っていく。……くすぐったい。

なんとも奇妙な感触だ。体中の体液が、どこかに向かって流れ出てゆく感じがする。不凍液を注入されるイメージと、感覚が逆行している。

そして今度は、やたら懐かしい「記憶」とでも呼びたくなるようなものが、血管の中へ注がれる。…血だ。おそらくは自分の血。血液が、再び体内に返還されているのだ。

ふと、閉じた瞼に針の先で突かれたような痛みを感じて、廻音はピクンと身震いした。そして数回、小さな痙攣に襲われた。

どうやら、光が射しているらしい。

細かな気泡が、ゴプッと大きな音に変わった。ゴプッ、ゴポゴポッ…と濁った音を発しながら、水泡が周囲に湧く。同時に、フワフワと水に漂っていたはずの髪が、水圧の低下とともに、額や頬にへばりついた。

自分が浮上しているのか、もしくは水面が低下しているのか。頬、肩、胸、そして腰。順に水圧から解放され、口を覆っていたマスクからは、酸素らしき気体が漏れてきた。それを慎重に吸い、時間をかけて肺を動かす。決して急いではならない。慌てると、肺が損傷してしまう。

足の裏が地面についた。廻音はそのまま膝をつき、掌をつき、蹲った。立つ力などなかった。瞼すら開く力がないのだ。体全体が異様に重い。それに頭痛と耳鳴りもする。体の節々が痛くて、関節がうまく動かない。

だが、萎縮していた廻音の体内の器官は、時間が経つにつれて、確実に目を覚ましてゆく。そして、存在すら気づけなかったほど弱々しい鼓動も、次第に大きく脈打ち始めていた。

上空で、プシューと空気が抜ける音がした。同時に、背を丸めて蹲っている廻音に、氷のような冷気が襲いかかった。骨がひび割れそうなほど寒くて、震えが止まらない。

「おい、生きてるぜ、コイツ」

耳鳴りの、ずっと遠くで、男の話し声がする。直後、金属を破壊するような音が響き、廻音は何者かによって細い首を吊りあげられていた。

「――……ッ！」

突然呼吸困難に陥り、反射的に目を見開いた。

恐怖で瞬きを忘れた目は、真っ暗な闇を映すばかりだ。さきほど瞼越しに感じた光の筋は、自分が入っていたシリンダーの電源が作動して、再生を報らせるランプの点灯だったのだ。廻音は自分の状況を瞬時に、そして正確に分析していた。

心臓も肺も動いている。正常に活動している。廻音はようやく我に返った。

自分は、蘇生した。蘇った。

フェニックス計画は成功したのだ！

信じられない。正直、無謀だと思っていた。廻音だけでなくリリアやケヴィンも、本心は期待などしていなかったはず。

だけど、生きている。自分はいま、生きている！

「う……ぅっ」

蘇った喜びとは真逆の苦痛に襲われ、意識が何度も遠のきかける。本当に蘇ったのだとすれば、突然このように首を掴まれ、空中にぶら下がっている状況を、どう解釈すればいいのだろう。

手足の機能はまだ戻らず、指一本動かせない。相手は廻音が死んだと思ったのか、突然パッと手を放した。

立つことすらままならない肉体を、無情にも地面に落とされて、骨がバラバラに砕けるような激痛に見舞われた。無意識に相手を探った廻音の目は、闇の空間に立つ人影を朧《おぼろ》気《げ》ながら捉えていた。

いわれのない扱いを受け、不安と恐怖が入り乱れる。冷たい床に這い蹲《つくば》ったまま、廻音はあたりを窺おうとして首に力をこめた。だが、凍りついて動かない四肢では、顔を上げるのも一苦労だ。

霞んでいた視覚が正常になるにつれ、真っ暗だと思っていた空間が薄闇に変わった。途切れがちだった聴覚も、ゆっくりと回復してゆく。

――ヒッヒッヒ……。へへへへ……。

濡れた体を震撼させるこの音は、人間の笑い声だろうか？

床に俯せたまま、ぎこちない動作で人の気配を頼りに首を回し、視線を薄闇に彷徨わせ、廻音は竦んだ。

三人の男たちが廻音を囲み、興味深そうに見下ろしていたのだ。

男たちはみな一様に痩せこけ、濁った目は落ち窪んでいた。残忍そうに片方だけ歪めた唇。鋲《びょう》の打ちつけられた、黒いレザーのライダーズ・ジャケット…。

そして廻音は男たちの手に、鉄パイプを発見した。それは暴力の匂いがした。

暴力を知らない廻音だが、人としての本能が、それを恐怖と認識した。もしかして廻音が眠っていたコンテナは、これによって破壊されようとしていた……のか？

「………っ」

鼓動が急に乱れる。痛いほど心臓が暴れる。廻音は心臓の破裂を恐れ、震える手で懸命に胸を押さえた。

薄汚れた革のブーツが、ジリ…と廻音に近寄る。奇妙な笑い声は、まだ続いている。

「――――……ッ！　……ッ！」

廻音は必死に助けを呼んだ。が、舌の根が凍りついて声にならない。

自分がいま置かれている状況が不明だから、こんなにも不安なのだ。だから廻音は懸命に記憶を遡った。

長い眠りから目覚める前、自分は生体冷凍保存の被験者としてベッドに寝かされ、麻酔を吸入したはずだった。白い天井が霞み、最後にリリアが廻音の顔の前で手を振って、意識確認をしたところまでは覚えている。

廻音は記憶に縋りついた。現在の状況を解読するきっかけが欲しかった。

ここは、クライオニクス研究施設ではないのか？　この男たちは、何者なんだ？

五感の活動や視力が正常値へと近づくにつれ、廻音はさらに恐ろしい現実へと引きずりこまれてゆく。

薄汚れた床、黒いシミが伝う壁。こんな禍々《まがまが》しい場所は記憶にない。当然、過ごしたこともない。だが、部屋の隅に寄せてあるのは、あれは……手術台だ。シートの部分がビリビリに破れているけれど、確かだ。

そしてその向こうに林立するコンテナには、不死鳥のマークが入っている。フェニックス計画の「患者」が「入院」しているはずの、円筒の銀色の棺だった。

間違いない。ここは研究施設の「病室」だ。

「お目覚めだって？」

ふいに、低い声が響き渡った。刹那、廻音は目を見開いた。その声に聞き覚えがあったからだ。

床に横たわっている廻音の耳に、男の硬い靴音が響く。廻音を囲んでいた男たちが、申し合わせたように一歩下がって道を開けた。

その男は、高い位置から廻音を見下ろしているようだった。廻音は渾身の力で顔を上に向け、男の姿を仰ぎ見て――――。

「…………ッ!!」

その驚きは、瞬く間に歓喜へと変わり、嬉し涙となって迸った。

廻音は男の名を叫んだ。あらんかぎりの力と、身震いするほどの愛しさで、男に向かって声を発した。だが廻音の喉から溢れるのは、嗄れた息ばかりだ。

嬉しくて、嬉しくて、涙が溢れて止まらない。廻音は男に腕を伸ばした。感覚の失せた冷たい指で、軋む関節を必死で曲げて、男の黒いブーツの先端を掴んだ。

ガクガクと強ばり、軋む肉体を、力を振り絞って起こし、廻音は黒衣の男の足に腕を巻きつけ、しがみつき、愛しさのあまり頬を擦りつけた。

「……ッ、…ッ、――――ッ！」

生きていた。生きていたのだ。また会えたのだ。きっと会えると信じていた。必ず再会できると、わかっていた！

「シ……、シン…――――ッ」

吐く息が白い。いまにも霜になりそうだ。それでも廻音は、凍りつく唇を必死になって動かした。

実験が遂行されたあの日、廻音が考えていたのは真士のことだけだった。

真士で体中を満たして、心もいっぱいにして眠るのは、思えば幸せな作業だった。別れはもちろん寂しかったけれど、愛されていたから恐怖はなかった。

身も心も、真士で満たされていたから。

絶対に真士が守ってくれると、信じていたから。

目を醒ました廻音を、きっと優しく抱き締めてくれる。そんな幸せな予感を抱いて眠りにつけたのだから。

そしてやっぱり、そのとおりになった。真士は廻音を待っていてくれたのだ！

真士の手が降りてきた。首筋に触れてくれたかと思った次の瞬間、ふいに体が上昇した。

真士が片手で廻音の首を掴み、立たせたのだ。いや…立たせたというのは正確ではない。足は床から浮いていたから。

息ができなくて、廻音は懸命に真士の腕に手を縋らせた。ふたりの周囲で、再びヒッヒッヒ…と不気味な笑みが発せられる。真士が廻音を舐めるように見て、ニヤリ…と唇を真横に引いた。

「他は全滅だってのに、お前だけ蘇りやがった。運がいいのか悪いのか、どっちだろうな。え？綺麗な顔したオカマヤロー。いや、オカマというより女か、お前」

理解できない下品な言葉を廻音に投げつけ、真士が突然手を放した。床に落とされた衝撃で、一気に肺に酸素が戻り、廻音は身を折って噎《む》せた。ヒャッヒャッと周囲が大笑いしている。

廻音は混乱していた。見たもの、聞いたもの、感じたこと。すべてが理解の範疇を超えている。想像していた未来と、あまりにも掛け離れすぎている。

なにが、どうなっているのだろう。おかしい。なにかが、おかしい。

黒衣の彼は……この男は、松宮真士ではないのか？

薄闇でも、わかる。真士を見違えるはずがない。廻音にはその自信がある。彼は、どう見ても真士だ。廻音が愛した松宮真士そのものだ。ただし、廻音の知っている真士より、わずかに……そう、三、四年は歳を重ねているようだが。

一度疑問を抱いてしまうと、不安要素は次々に湧いてくる。例えば、いま目の前にいる真士は、目が冷たい。声が冷たい。なにより廻音を愛していない。それどころか、廻音を、知らない――？

「シン……ジ……」

それは廻音にとって、絶望に等しい恐怖だった。

心が凍ってゆくにつれて、体感温度はさらに低下する。強ばる指を必死で曲げて、廻音は自分の肩を抱いた。

なんでもいい。なにか身につけるものが欲しい。この体を温めたい。廻音は痛切にそれを願った。だが、彼らに頼みたくとも、音声機能はまだ回復してくれない。適切な蘇生処置も施されないまま、全裸で放置されているのは、とてもじゃないが、これ以上は臓器が耐えられそうにない。

「寒いのか？」

ガタガタと震える廻音の上に、嘲笑まじりの声が降りかかる。言ったのは、黒衣の真士だ。

廻音は命綱に縋る思いで頷いた。あの広い胸で、きっと真士は昔のように廻音を優しく温めてくれる……そう信じたかった。幻想だと諦めるには、廻音は真士を愛しすぎていた。

誰かがまた、ヒャッヒャッ…と笑っている。

「このお嬢さん、寒いんだとよ」

「温めてくださいって、お願いされちゃったぜ、オレたち」

「温めるっていやぁ、アレしかねーよな」

男たちの意向を聞き入れたのか、真士が嗤《わら》い、指を鳴らした。

「輪姦《まわ》せ――」

廻音は震撼した。

壮絶な悪夢の始まりだった。


「…見ろよアラン、コイツの体。痣だらけだ」

「痣じゃねーだろ。よく見ろよ、ヤスヒコ。これはキスマークじゃねーか？」

へっへっへ……と男たちが低く嗤う。廻音の裸身を揺さぶりながら、ときおり呻き声を交えて。

「盛りのついたキティちゃんか。この猫、棺に入る直前によぉ、散々楽しんだみてぇだな。あぁ？」

訊かれても、答えられない。彼らは答えなど欲していない。なぜなら廻音の口は、アランと呼ばれた男の、言葉にするのもおぞましい肉体の一部によって喉まで封じられていたから。

「なな、なぁ、ヤスヒコ、お、女と、かな。そ、それともお、男と、かな？」

歯の間から息が抜けるような頼りない声が、少し離れた壁際から聞こえた。その声の主は暴行に加わることなく、ただ膝を抱えて観察のみに徹している。

「どどど、どっち、か、かな…、なぁ、ヤスヒコ、ア、アラン…」

脅えているのか興奮しているのか。それともそういう癖なのか。彼の口調は流れが悪く、たどたどしい。だが廻音には、どうでもいいことだった。あの、真士にそっくりの黒ずくめの男も、自分から命じておきながら乱交には興味がないらしく、さっさとどこかへ行ってしまった。

廻音の投げやりな感情は、廻音を陵辱し続けている男たちにも、はっきりと伝わったようだった。

「そんなものはよぉ、どっちだって構やしねーんだよ、ディーゴ。とにかくお前も男なら、その糞《ふん》尿臭いレザーの奥から親指サイズのブツを引っ張りだして、温い穴にブチこんでみろって。最高にハイな夢が、見ら、れる、ぜっ、ウッ！」

廻音の脚の間で、男のひとり――ヤスヒコが身震いした。最後の一滴まで絞りだすようにして腰を振ると、満足そうに息を吐き、腰を退いた。が、すぐさまアランが廻音の腰を奪って抱え直し、猛っていたものをズップリと深く挿入するのだ。

「オ、オオオッ！　効くぅーっ！」

クゥーッと唸って目を瞑り、アランが嬉々として廻音を突きあげる。そのたびに廻音の痩身が、軋んだ音をたてて床に崩れる。

パンッと鋭い音がした。頬を打たれた感覚に、廻音はハッと意識を戻した。

「歯を引っこめろっつってんだろーが！　聞こえねーのか！」

股間を押さえて憤慨するヤスヒコを、アランがヘッヘッと嘲笑う。噛まれたと文句を言いながらも、当のヤスヒコが廻音の口を自由にしてくれる様子はない。廻音のうしろでイッたものを、再び廻音自身の口に押しこみ、清めようと…いや、あわよくば、もう一発ぶちこもうと企んでいるのだ。

そのまま廻音はヤスヒコに、頬を数回殴られた。歯を立てれば痛い目に遭うという警告だろうか。

「………ッ」

一瞬、廻音は眉をしかめた。鼻の奥が切れたようだ。

ぬるりとした血が喉に流れ落ち、ふいに嘔吐感に襲われた。耐えきれず、廻音は先ほどから飲まされ続けている濁液もろとも、ヤスヒコのペニスを吐きだしてしまった。

するとまた、パァンッ…と頬で平手が鳴った。

凍えていたはずの廻音の体は、休みなく男たちに弄ばれる間に、体熱を取り戻していた。だが、廻音の頬を伝う無意味な涙は、氷のごとくに冷えている。

すべて、黒衣の真士の合図で始まったことだった。

真士が望んだ拷問だった。

彼が号令をかけ、その直後、男たちに飛びかかられ、両脚を捕えられ、強引に左右に裂かれた。肩を抑えつけられ、顎を掴まれ、首を鎖で戒められた廻音は、男たちの欲望を、前後から同時にねじこまれた。

どれだけ廻音が涙を流して許しを乞おうとも、男たちは廻音の体で性欲を満たすおぞましい行為を、決してやめてはくれなかった。

そして廻音は、抵抗を放棄した。

抵抗すればするほど、凌辱されている事実を思い知らされるばかりだから。

男たちが廻音に飽きるまで、もしくは男たちの性欲が果てるまで、このむごたらしい行為に終わりはないのだと、薄やみの中で身をもって学ばされた。

舌を嚙み切って、死のうか――。

ぼんやりと、廻音は甘美な誘惑に想いを馳せた。が、ただひとつ、とある望みが廻音にそれを思い留まらせるのだ。

真士に、会いたい。

真士に再会するまで廻音は、決して狂うわけにも死ぬわけにもいかなかった。

せっかく蘇ったのに、わからないことだらけだ。なにがどうなっているのか見当もつかない。それなのに、ここで、こんなことで、こんな男たちの卑劣さを理由に自ら命を絶つなんてことは、したくない。

黒衣の男。なによりもまず彼の正体を知りたい。彼は松宮真士なのか？　もしくはまったく別人なのか。

外見は、まるで真士だ。だが彼が真士なら、決して廻音をこんな目に遭わせたりしない。だから、どんなに似ていようと、彼が真士であるはずがない。

だとすれば、また新たな疑問が生じるのだ。なぜ彼は、松宮真士とうりふたつなのか。そして、だったら本物の真士は、いま、どこにいるのか。知りたいことはすべて不明だ。

だからこそ、こんなところで、命を放棄するわけにはいかなかった。

青臭い液体を口いっぱいに含まされ、濁った汚液を溢れさせながら、廻音はただひとつの支え、真士の名を心の中で唱え続けた。真士、真士、真士、真士……――と。

あの日、零下の世界に墜ちてゆく廻音を支えてくれた、唯一の希望。

この、なにもわからない暗闇の中で、記憶の中の真士だけが一筋の光だった。


ピクッと体が痙攣し、その反動で廻音は瞼を開いた。

薄暗いこの部屋は、陵辱行為を受け続けた、あの処置室だ。

だが、寝ている場所は床ではない。可動式のストレッチャーだが、一応ベッドだ。漂う気配も先ほどとは大きく異なり、妙に静まっている。他に人がいる様子もない。

誰が持ってきたのか、廻音の体には毛布がかけられていた。左側に視線を回せば、鈍く光ったコンテナが数台ある。作動している様子はない。どうやら中は空っぽのようだ。廻音同様、誰かが眠っていたのだろうか？

廻音はベッドに肘を突いて身を支え、慎重に半身を起こした。とたん、臀部に激痛が走る。

「――――……ッ」

悔しくて悔しくて、目の奥が熱くなる。それでも廻音は歯を食いしばって涙を堪えた。せっかく真士がつけてくれたキスの痕も、男たちによる暴行に塗《まみ》れてしまった。自分だけでなく、真士までも汚されたような気がして、気弱な嗚咽が漏れそうになる。

なぜ自分がこんな酷い目に遭わなければならないのか。ここはクライオニクス研究施設に違いないのに、どうして誰も助けに来てくれないのか。施設員たちは、どこにいるのか。

怒りと困惑が入り乱れたとき、廻音はふと我に返った。

自分は一体、どれだけの年月を眠っていたのだろう。

処置室の中は、大幅になにか変わったという印象はないし、建物の内装にも変化はない。闇に目が慣れるにつれ、目で確認できる情報は増えてきた。壁のあちこちが薄汚れており、天井部分が黒く焦げついている。だが老朽化によるものではなさそうだ。

まだ痛みの残る手足を引きずりながら、廻音は毛布を体に巻きつけ、慎重にストレッチャーから降りた。冷たい床を素足で歩くのは辛い作業だったが、足の裏に張りつく冷気に耐えながら、さっきまで自分が眠っていたであろうコンテナの前に立ってみた。

碧色に点滅する電光盤には、廻音が眠った年と、現在の日付が灯されているはずだった。

廻音は固唾を呑んでコンテナの足元に屈み、少し怯んで瞼を閉じた。ひとつ大きく深呼吸して意を決し、勇気を出して両目を見開く。

廻音の瞳に、碧色の光が飛びこんできた。

数字の羅列は、１９９９・９・×……。

これは廻音のバースデー。廻音が零下の世界へ向かった日だ。そして、その下には…。

現在の年月日が記されているはずの一列へ、廻音は緊張しながら慎重に視線を下ろして――。

碧色の数字は、瞬く間に涙でぼやけてしまった。

ポタ、ポタと、数字の上に涙が落ちる。

口元が、笑みで弛む。日付は、２０３４・９・×…。

三十五年、越えた。細胞の記録を、一年更新できたのだ。

実験は、成功したのだ。

「また、会えるね……みんなと」

自然に湧いた感情は、施設員としてのものではなく、人としての喜びと郷愁。

笑みが溢れて止まらない。廻音は毛布の中に顔を埋めた。迫りあがる笑い声は嗚咽になり、切なさで歪み、いつしか号泣に変わっていた。

会いたい、会いたい、真士に会いたい！

三十五年しか経っていないなら、絶対に真士は生きている。だったら必ず会えるはずだ！　廻音を待っていてくれるはずだ！

廻音は自分の肩を抱いた。真士に愛された幸福な記憶を、自身の肉体の中に探した。狂ったように肌を撫で回し、未来へ連れてきたはずの、真士の愛の名残を探した。

「真士…真士、真士、真士…ッ！」

やはり先ほどの黒衣の男は、真士ではなかったのだ。廻音が眠りについたあの年、真士は二十七歳だった。だから真士は、今年六十二歳のはずだ。さっきの男はどう見ても、まだ若い。六十を超える年齢ではない。

だからあれは、真士ではない！

「よかった……！」

廻音に酷い仕打ちをした男は、知らない男だ。真士が廻音に、あんな酷いことをするはずがなかったのだ。それがわかっただけでも、命を絶たなくてよかった。いま痛切に、そう思う。

会いたくてたまらない恋人に、廻音は一心に想いを馳せた。どんなふうに歳を重ねただろう。少しは太っただろうか。お腹だって出ているかもしれない。髪はまだ黒々としているだろうか。ダンディーで人気者のドクターになっているに違いない。

きっと相変わらず優しくて、周囲からも信頼されて、研究に情熱を注いで。

真士はいつも、廻音のコンテナに触れていてくれただろうか。あの柔らかな低い声で、照れながら話しかけてくれただろうか。キスとかも、こっそりしてくれただろうか。でも真士は照れ屋だから、キスはしない。たぶん。でも、人がいないときだったら…どうだろう。おそらく、こっそり唇を押しつけてくれたと……思う。

廻音はコンテナをそっと撫で、コツンと額を当てて目を閉じた。真士の温もりを、少しでも感じたかった。

あの誕生日の前夜、真士は少し疲れていたようだった。廻音が、あまりにもしつこいから。

廻音は最後のわがままに、わざと真士を困らせようとしたのだった。……いや、本音を言えば、真士を怒らせようとしたのだ。いいかげんにしろ！　と、頭ごなしに怒鳴りつけてくれるのを、じつは少し期待していた。

愛しすぎると、きっと真士が悲しむから。だから真士が辛くないように…廻音のことを鬱陶しいと思えたら、少しは真士が楽かと思って。

廻音がいなくなって清々したと思ってもらったほうが、きっと……ちょっとはマシかと思って。

廻音は真士と出会ったことを、少しも後悔していない。それどころか、真士を心から愛せたから、こんなにも潔く自分の運命を受け入れられたと思っている。

どうせ消えてしまう人間だから…と、他者との関わりを極力避けて生きてきた。だが真士と出会って、それは百八十度変わってしまった。

初めて真士の目を見た瞬間、廻音は生涯最初で最後の恋に落ちた。

松宮真士の澄んだ目は、それほど廻音の心をすっぽりと包み、一瞬で虜にしてしまった。

優しい目だった。深い目だった。そして、とても強い人だと、廻音は彼を本能的に理解した。ただ一言、「よろしく」と挨拶されたまっすぐな視線の中に、廻音は不思議ななにかを…運命を感じたのだった。

マウスとして創られたことが運命なら、あと半年の猶予を残して真士に出会えたことも運命なのだと、信じたことすらない神に、あのときばかりは感謝した。

半年間、一生分の愛を真士に注ぎたいと思った。そして真士に一生ぶん愛されたいと願った。セックスしようと露骨に誘ったのも、一度でいいから…と嘘をついたのも、一分一秒が惜しかったからだ。

消化するだけの二十年という月日が、真士との出会いを境に、未来へ向かう時間に変わった。あのときの感動は、いまも廻音を根底で支えてくれている。

廻音は手首に唇を押し当て、強く吸い、そこにうっとりと目を細めた。廻音が真士の首筋につけた痕と同じ形だ。ちゃんと鬱血する。いま自分は生きている。生きてさえいれば、真士に会える。どんな苦しみも耐えられる。真士さえいれば。

真士の皮膚は硬くて、簡単にはキスマークなんてつかない。だけど廻音は毎晩のように、唇が腫れるほど一生懸命になって、真士の僧帽筋にキスを灯し続けたのだった。唇だけじゃ追いつかなくて、最後の夜は本気で噛みついてしまった。

真士には申し訳なかったけれど、どうしても廻音は真士の体に、自分の証をつけたかったのだ。

真士の体から廻音の痕跡が消えないように。いつでも廻音を思いだしてくれるように。

「なにを笑っているんですか？」

突然の声に、廻音はギョッと身を固くした。

恐る恐る振り向くと、処置室のドアに片手を添えて、男…と思しき人物が立っていた。

廻音は警戒しながら、彼を眇め見た。

さっきの残忍な男たちとは、まったく異なる雰囲気だ。廻音にかけた言葉の種類も、声質も物腰も繊細で、上品な印象さえ受ける。

琥珀色の肌に品のある口元。目尻が切れあがった大きな瞳は、深い知性と神秘を思わせる。そして肩のあたりで束ねた長い黒髪は、ほのかにエスニックな香りを漂わせている。

廻音の小さな驚きを察して、彼が穏やかに微笑んだ。廻音は彼の立つ扉の向こうの闇を注意深く凝視した。他に誰かがいる気配は……ない。

なかなか警戒を解けない廻音に、彼が穏やかに微笑みかける。

「ご安心ください。私ひとりですから」

そう言うと、彼は滑るような足取りで部屋の中に入ってきた。反射的に、廻音は一歩あとずさった。彼は廻音の前に屈むと、大丈夫ですよと静かに言い、労るように目を細めた。

「さっきは助けられなくて、申し訳ありませんでした。私はリョウキには、逆らえないものですから」

リョウキと言われて、廻音は首を傾けた。

「背の高い、黒いレザーの男です。……覚えていますか？」

覚えているに決まっている。真士そっくりの、あいつだ。

「――――リョウキって、何者？」

訊くと、彼は弓なりの眉を跳ねあげた。廻音が声を発したことに驚いたのだろうか。それに加え、質問の意味することが理解できなかったとみえる。

「何者とは？」

反対に質問され、廻音は言葉に詰まった。目の前の彼は優しげだが、やつらの仲間である可能性が高い。真士のことを、彼にどこまで話していいのかもわからない。でも、せめて現状を把握できるだけの情報は欲しい。

「あなたたちは、誰？」

「誰、とは？」

「だから……、だってここは、政府の研究施設なんだ。それなのに…」

「どこかおかしい。そう感じますか？」

「あ…――――はい」

丁寧な彼の口調につられて、こちらまで敬語になってしまった。相手は暴漢たちの仲間かもしれないのに。

それにさっきから、子供扱いされている気がしてならない。廻音は三十五年間眠っていたから、見た目は二十歳でも実年齢は五十五歳で、本来ならば彼よりも年上だ。だが、年下扱いは当然といえば、当然なのかもしれない。

廻音は、現在の自分の外見年齢より七つか八つほど歳上に見える彼を見あげた。

「施設の人たちがどこにいるか、知りませんか？　それに、内部の様子もずいぶん違う。照明が妙に薄暗くて、静かすぎて…。三十五年の間に、ずいぶん変わってしまったみたいだ」

廻音の質問に動じることなく、ええ、と冷静に彼が認めた。

「確かに変わりました。大きな事件がありましたので」

「事件…？」

不穏な響きに眉を顰めると、目の前の彼がエキゾチックな瞳を数回瞬かせた。

「ここにはリョウキ、アラン、ヤスヒコ、ディーゴ、そして私。この五人と、あなただけです。そして私たちは、この建物から一歩も外へ出られません。私たちは、ここで生きるか死ぬしかないのです」

「あの…」

意味がわからない。言っていることが理解できない。廻音は不安に駆られて訊いた。

「あの、それ一体どういうこと？　研究施設は、もしかしてどこかへ移転したの？」

彼はしばらく廻音を見つめたあと、肩を落とし、廻音に向かって腕を伸ばした。まるで慰めるかのように、廻音の髪を指で梳きながらポツリと言った。

「あなたは蘇らないほうがよかった」

「……え？」

「だったら、もう一度殺してやろうか？」

太い声で嘲笑われて、廻音は反射的にそちらを振り返った。

真士が――真士と見違えるほどよく似たリョウキが、入口に立っていた。

威圧するような含み笑いを漏らしながら、リョウキが大股で近づいてくる。廻音の前に立ちはだかるのは、愛する人と同じ容姿。その事実が底知れぬ怒りとなって、廻音の痩身を戦慄《わなな》かせる。

「リョウキ。廻音さんは、まだ体調が……」

「お前はコイツの保護者か？　考えてモノを言えよ、ロズ」

冷ややかな一瞥を向け、リョウキが喉で嗤った。ロズと呼んだ黒髪の彼を横へ押しやり、再び廻音の前に立つ。

廻音は全身に怒りを漲らせ、目の前に壁のごときに立つ黒ずくめの男を睨みつけたが、言葉は一言も返せなかった。

あまりにも、真士に似すぎている。

見れば見るほど、真士にうりふたつだ。雄々しい顔も背丈も、広くて厚い肩幅も、大きな掌もがっしりと太い両腿も、なにもかも。

ただひとつ違っていたのは、真士の目はあれほど優しかったのに、いま目の前にある同じ形のふたつの目は異様に冷めていて、残忍な光を蓄えていることだ。

薄暗い部屋の中で、廻音はリョウキを食い入るように見た。目の前に立っている男が真士ではなく、リョウキという名の別人だとわかっても、それでも真士と呼びたくなるほどそっくりで、悲しみと怒りが入り乱れる。

「まだ生きてやがったか。顔に似合わず図太い神経だな」

リョウキの視線が廻音の全身に絡みつく。身を隠している毛布を剥ぎ取られてしまいそうな、その目の強さに抗い、廻音は無言を貫いた。真士と同じ顔を持つ男から向けられる侮蔑の視線は、拷問にも等しい。

「輪姦《まわ》されて、逆に体が温まったみてぇだな。アランたちに感謝しろよ」

おぞましく許し難いセリフに、全身が総毛立った。

こんな男に心を乱されたくはない。どんなに肉体を貶められても、精神を陵辱されようとも、真士がどこかで生きているかぎりは、決して敗北などしない。

だが……だからこそ、その同じ姿から注がれる嘲《あざけ》りの視線には、本能が拒絶反応を起こすのだ。

意志に反して、勝手に目の奥が熱くなる。耐えなければと思うそばから、大粒の涙がボロボロ落ちる。

廻音の涙に同情したのか、ロズが廻音を守るように、その胸へ抱き寄せてくれた。

そうされて、廻音は初めて気がついた。たしかさっき、気を失う寸前まで、廻音の肉体は男たちの欲望にまみれ、酷く汚れていたはずだ。それなのに、気づけば顔も体も洗ったかのようにサラリとしている。

ストレッチャーに寝かせてくれたのも毛布をかけてくれたのも、一体誰が…と考えて、廻音はロズの温もりに答えを見いだし、胸の内で感謝した。

彼に心を開いたわけではないが、ロズは完全な敵ではない、そんな気がした。いや、そう思いたかった。この状況下ですべてが敵だと考えるのは、あまりにも孤独だ。

しかし、わずかな穏やかな感情さえも、リョウキが奈落へ突き落とす。いきなり腕をひねりあげられ、廻音は苦痛に顔を歪めた。乾いた唇を舐めながら、リョウキが掠れた声で言った。

「あんたにいいもの見せてやるよ、お嬢さん…――」

素肌に毛布を捲きつけただけの廻音が、引きずられるようにして連れていかれた場所は、見覚えのあるスチール製のベンチが点々と配された一階のロビーだった。

強化ガラスに加え、特殊な金属を配合して耐久度数をスペースシャトル並にアップした、ドーム型の天井。このスペースを囲む壁も、窓も、天井と同じく特殊素材で造られている。やはりここは間違いなくクライオニクス研究施設だと、廻音は確信しながら絶望した。

そう、絶望だ。廻音が眠った当時でさえ、空調や照明のすべてがオートメーション化されていた施設であるにも拘わらず、血が凍りそうなほど寒いのは、どう考えてもおかしい。

先ほどから廻音はガタガタと身を震わせ、毛布を懸命にかき寄せていた。裸足の爪先は、すでに感覚が失せている。歩いているのが不思議なくらいだ。廊下を照らすフットライトが唯一の温もりだなんて、科学の粋を集めた施設で有り得ない光景だ。

だが、そんな異様な寒さでも、廻音の心まで凍りつかせることは不可能だった。

寒さに身震いしながらも、廻音は懐かしさを隠しきれずに周囲に目を細めた。とくに思い出深いのは、手前からふたつめのスチールベンチだ。地下のラウンジでランチを済ませたあと、いつも廻音と真士はセルフサービスのペーパーカップを手に、あの場所に腰かけてコーヒーを味わい、強化ガラス越しに外を見ていた。

いまだって目を閉じれば、窓の向こうの木々を背景に、白衣の真士が隣に座っているような気持ちになる。廻音に微笑みかけてくれているような切ない幻を、無意識のうちに描いてしまう。

真士はいつだって優しかった。施設の敷地から出たことのない廻音のために、温くて薄いコーヒーを少し不味《まず》そうに啜りながら、叶わぬ休日のデートの予定を面白おかしく語ってくれた。

『次のホリデーは、太陽が昇ると同時にクラシック・オープンカーでここを出発しよう。サンセット通りを直進して、次を右折。左角のカフェ・ドミンゴで、朝メシを調達だ。廻音はなにが食べたい？　ビーフステーキ？　朝からヘビーだな……ま、いいか。よし、じゃあステーキにシーザーサラダ、フレンチフライとコーラはラージサイズ。全部テイクアウトだ。ジェラートもオマケ。両手いっぱいの荷物だな。で、今度はそこから南南東へドライブしたら、センター・パークに到着だ。どうだ廻音。なかなか豪勢なデートだろ？』

『食事の量は豪勢だけど、安上がりだね』

『金をかけないほうが、楽しみは長続きするんだよ』

『愛情も？』

『あ、えーと……、そういうのは、金とは関係ないんじゃないか？』

愛について訊ねると、真士はすぐに視線を宙に泳がせる。少し頬を赤くして。「そういうことを言わせるな」と、怒ったふりで照れるのだ。日本人って、シャイすぎる。

空想の中で一緒にショッピングを楽しんで、空想のピクニックでお腹を満たして。いつだって廻音を夢でいっぱいにしてくれた。愛しているとは言わない代わりに、真士はそれ以上の思いやりと優しさを、溢れるほど廻音に注いでくれた。

「ボーッとしてんじゃゃねぇ！」

いきなり頬を叩かれて、廻音は瞑想から引き戻された。急激な寒さとともに戻ってきたのは、真士の怒りの形相。…いや、彼はリョウキだ。真士ではない。

ふらついてしまった体をロズに支えられながら、廻音は改めて周囲を見回した。だが、処置室以上に深すぎる闇に、なかなか眼が慣れてくれない。廻音は何度も瞬きして視力を調節し、焦点の合う位置を探した。それにしても、なぜ照明を点けないのだろう…と訝しむと、「見ろ」とリョウキが顎をしゃくった。

彼の命令など聞きたくない。意地を張ってそっぽを向いていると、頭を掴んで強引に向きを固定された。

真士との夢が広がる窓の外——いまは真っ暗な窓の外へ、否応なく視線を投じる。

そして廻音は、気づいたのだ。初めて嗅ぐ、奇妙な異臭に。

なにか焦げたような、生臭いような…半煮えのような不快な匂いが、壁や足元から漂ってくる。

そして廻音は、もうひとつの異変に気がついた。

外に明りがないのだ。ただの、ひとつも。

例えば、窓がどんなに汚れていようとも、高台にあるこの位置なら、塀の向こうの街灯や車のテールランプが見下ろせるはずなのに。

さらに廻音は目を凝らした。だが、懸命に「なにか」を見ようとしても、なにもかもが闇に溶けこんでいる。目に見える一切が、漆黒の闇に包まれている。何度見ようとしても同じことだ。視界には、なにも存在していない。まるでブラックホールのように、世界そのものが沈黙している。人も、車も、なにもない。遠近感すらない。外に生命が感じられない。

廻音の視力が低下しているのだろうか。だが、リョウキやロズの顔は識別できる。薄暗いため、把握できるという程度だが、それでも外ほど「無」ではない。

「これ、どういうこと…？」

不安が疑問になり、無意識に口から漏れる。声の震えは尋常ではなかった。寒さではない別の震えが、廻音の全身を這い回る。

黙って首を横に振るロズを押しのけ、リョウキが廻音の背後に立った。そのままガラスに両手をつき、廻音の耳元に口を近づけ、真士の声で廻音を嬲る。

「教えてやるよ。知りてぇんだろ？　てめぇが呑気に眠っていた空白の三十五年間に、一体なにが起きたのかを」

廻音の背中に、リョウキが体を押しつけてきた。うしろから陵辱されるのではないかという恐怖と、愛する人に酷似した体と接触してしまった戸惑いで、体が勝手に萎縮する。

「外の光が消滅したのは、ほんの一年前の話だ」

「一年前？」

「お前が眠っている間に、戦争が起きたんだよ」

廻音は目を剥いた。心臓が突然跳ねたせいで、鼓動が乱れる。構わずリョウキが先を続ける。

「第三次世界大戦……アルマゲドンだ」

いまリョウキは、おそらくとても重要なことを告げている。

それなのに廻音は、驚くことも笑い飛ばすこともできずにいる。なぜなら、現実味がないからだ。

ノンフィクションに見せかけた駄作小説を読み聴かされているような気がして、その出来の悪さに不快さが増す。

だが、肩越しに振り仰いだリョウキの顔からは、嘲笑が消えていた。

ふいにリョウキが、廻音を背後から抱きすくめた。反射的に悲鳴をあげてしまったが、それでもリョウキは手を弛めず、折れるほど強く締めつけてくる。

「倒れるのは、まだ早いぜ。最後まで聞け」

「……ッ」

寒さが骨まで達しているせいで、抱かれるだけで体が痛い。

だが廻音よりも、リョウキのほうがなにかを恐れている気がする。リョウキでさえも恐れる「事実」を耳にねじこまれると思うと、逃げだしたいほど怖くなる。

「世界規模で政治力も生産力も衰え始めたころから、大戦争の予感はあった。絶え間なく起きる自然災害、人災。国同士の支援は真っ先に消えた。生き残るために、国同士で資源の奪い合いが始まったんだ。あっという間に世界中の人間は暴徒化だ。人が人を当たり前のように攻撃し、殺戮《さつりく》と強奪が日常化した。生きる目的も希望も未来もなくなった。金は、もうどこからも生まれない。食うものも、どこにもない。こんな世の中はリセットしろと、誰もが自暴自棄になって当然だ。誰が一番にスイッチを押すか、結局は世界中が待ち望んでいたわけだ」

「…スイッチ？」

カタカタと、どこかで落ち着きのない音がする。廻音の奥歯が勝手に鳴り、鼓膜を揺さぶっているらしい。

廻音は唇を拳で押さえた。だが、その拳でさえ、無駄に震えて使いものにならない。

聞きたくなかった。聞けば終わりだ。納得するしかなくなってしまう。訊いてはいけない。それなのに廻音の唇は、脳の指令に反して動いてしまった。

「なん、の、スイッ、チ…?」

リョウキの腹筋が、廻音の背中でヒクヒク揺れた。笑っているのだ。笑いごとじゃないはずなのに。

決まってるじゃねーかと、リョウキが一旦笑いを止めた。そして、粘り着くような声で言った。

「核爆弾だ」

聞いた瞬間、震えが止まった。

全身は、石のように固くなっていた。

「空軍が出撃するより早く、世界各国が応戦した。核爆弾が何発も空中を飛び交って、あっという間に始まって、あっという間に終わっちまった」

廻音は呼吸を忘れていた。それに気づいて慌てて息を吸いこむと、肺に鋭い痛みが走り、涙が散った。

激痛に耐えかね、廻音は自分の心臓の上を何度も拳で叩いた。思いだしたように動きを再開した心臓は、今度はバクン、バクンと荒く乱れて、廻音を過呼吸に陥らせようとする。

全身の動脈を、凄まじい勢いで血液が流れる。目眩に襲われ、廻音は両手で顔を覆った。

グラリ…と体が旋回する。倒れかけた廻音を、リョウキが片手で受けとめる。そして、さらなる凄惨な現実で、廻音の神経を切り刻むのだ。

「ここから見ると、なにもねぇだろ？　ほとんどの建物が崩れたからだ。…というより、溶けたんだよ。ドロドロにな」

淡々と説明しながら、リョウキが窓を指で弾いた。

「ここだけは、どうやら吹き飛ばされずに済んだが、一体どういう構造なんだ？　国から莫大な援助を受けている研究施設だそうだな。ある意味ホワイトハウスより重要で、大統領より守る価値があるって噂は、本当だったらしいな」

大統領なんぞ、支持率次第で干される役人だ……と、リョウキが鼻で笑って付け加えた。

「核戦争が起こっても、この施設だけは未来永劫に残るっていうバカみてぇな噂が以前からあったが、見事に立証しやがった。なんせ、ここから見える範囲で地上に残っている建物は、ここしかねぇんだからよ。他は全部、溶解した。だが、ここも上階は全部消滅したぜ。なーんにもなくなっちまった」

「え……？」

なくなった？

施設員たちのコンパートメントも？

真士と廻音が夜を過ごした、懐かしい空間も？

では、そこにいた人々は？

仲間たちは、どうなった？

「それでもな、このフロアも被害がなかったわけじゃない。ガラス越しに光を直接浴びたやつらは悲惨だったぜ。……たしかこのあたりの床にも、ぼたぼた落ちてやがったな。ドロドロに溶けた皮膚と肉がよ」

足元を示されて、廻音は竦んだ。その反応に、リョウキが喉で笑みを打つ。からかっているとしか思えない。こんなにも恐ろしい話をしておきながら！

「ゾンビみてぇなやつらが、たすけてくれぇ〜って床を這いずり回ってよ。俺たちが隠れていた地下にまで雪崩れこんできやがった。…核よりもな、この施設の中で繰り広げられた殺し合いのほうが、まさに地獄の光景だったぜ」

なにがおかしいのか、リョウキはずっと笑っている。肩を揺らして。

乱れる脈拍を静めようと、廻音は意識して深い呼吸を繰り返した。落ち着いて考えなければいけない。ここから先は、決して冷静さを欠いてはいけない。

「真士……」

そうだ、真士だ。真士は、そのとき、どうしていたのだろう。

まさか、まさか――――…！

廻音は眼前を凝視した。なにかを探そうとしていた景色は、なにもないことを理解してから目視すれば、はっきりとすべてが見渡せた。

本当に、なにもないのだ。

窓の向こうで揺れていた木も、無数に林立していた高層ビルも、なにもかも。

瓦礫の山になって残骸を留めているのではなく、この世から消滅したのだ。凄まじい爆風と爆熱によって、地表もろとも。

そして、夜だと思っていたのも錯覚だった。窓の表面が黒く変色しているのだ。だがおそらく、外の世界も闇なのだろう。爆風で舞いあがった粉塵が空を覆い、太陽光を遮断して、暗雲が垂れこめているのは間違いない。爆発の熱で海水は気化し、大地は溶岩になり果ててしまったことだろう。

見渡すかぎりの漆黒の地表。ありとあらゆるものを溶かし、呑みこみ、なだらかな波形を大地に描いたまま、地球は活動を停止したのだ。

地球史上最強の要塞、このクライオニクス研究施設だけを残して。

「ここにいた人たちは……？」

一番知りたいけれど、知るのを躊躇する質問が、勝手に零れた。もう質問は回収できない。答えなど聞きたくもないのに。

廻音は両手で耳を塞いだ。そんな廻音を見下ろし、呆れたようにリョウキが笑う。

「無事だと思うか？　この状況で」

廻音は必死で耳を塞いだ。真士は？　命より大切な廻音の恋人は、どこにいる？　真士は生きている。生きていなくてはならない。もう一度廻音に会うために。もう一度廻音を抱きしめるために、真士は、必ず！

「生きているのは俺たちだけだ。それが、答えだ」

耳を塞ぎ、廻音は首を横に振った。

真士は死なない。約束したから。廻音を守ると約束してくれたから。

真士がいないのなら、蘇った意味はない。なにもかも、もう意味がない。

「あああ、ああ……あぁぁぁ…アァア…ッ」

声ともつかない悲鳴が漏れる。自分のなにかが壊れた音が、恐ろしいほどリアルに響いた。

ここは……この廃墟は、クライオニクス研究施設だ。たとえ全人類が滅亡しても、この施設だけは未来永劫に滅亡しないと語られる、人体保存研究施設だ。そして廻音は、その施設の、生まれながらの被験者だった。

人類の夢は、廻音の蘇生によって成功した。

だが、もういい。もういいのだ。実験の結果なんて、どうダっていい。必要ナイ。真士サエ、イテクレタら……。

こうしている間にも、真士はきっと廻音ヲ捜してイル。真士ガ…待ッテル。真士のトコロへ、行かナクテハ。早く、早く、早ク、ハヤク！

「真士、真士、シンジ、シン……――――！」

膝が震える。脳が軋む。もう狂う。気が狂う。いますぐ真士に会わなければ、一刻も早く会わなければ！

「真士は……どこ？」

「シンジ？　誰だ、そいつは」

「真士はどこ？　真士を……探さないと」

真士を捜さなければ。早くしなければ！　それなのにリョウキは廻音に向かって、「もう一度死ね」と言うつもりか。

シンジだかなんだか知らないが……と、リョウキが唇を曲げて嗤った。

「ここにいたヤツらは、俺が皆殺しにしてやったぜ」

あっさりと片づけられて、廻音は耳を疑った。いま、なんて言った？　と。

廻音は消えそうな声で訊き返した。知らなければならなかった。知って、真実を見極めなくてはならなかった。

「殺した……って、どういう……こと？」

「そのまんまだ。俺が殺した。他の意味なんてねぇよ」

「核で、焼かれた、のではなく？　殺した……？」

「ああ、そうだ。この建物の生き残りは、全員殺した。そして俺たちは、そいつらを……」

「リョウキッ！」

悲鳴はロズのものだった。ロズがいたことを失念するほど、廻音の意識はリョウキひとりに注がれていた。

リョウキが唇を歪め、ロズの憤慨をせせら笑う。

「この際仕方ねえって、お前だって賛同しただろ？　ロズ。食いぶちを減らすためだ。殺人は生き延びるための正当防衛だと言ったのは、どこのどいつだ。え？」

「もういいリョウキ！　やめてくれ！」

だが、ロズが止めるよりも早く、廻音の神経はぷつりと切れた。

ズルリと廊下に崩れた廻音は、冷たい床に蹲った。全身の血が凍りつき、このまま息絶えてしまいそうだった。いっそ、そうなりたかった。

「なんだ、お前。シンジって野郎に会いたかったのか？　じゃあメッセージでも残しときゃよかったんだ。シンジだけは生かしておいてくださいってよ」

遠くでリョウキが笑っている。廻音を揺する手はロズだろうか。廻音の神経を切り刻むのは、リョウキ。それとも――――それとも、こんな地獄に廻音ひとりを蘇らせて、先に逝ってしまった卑怯な真士か。

「会いたいなら会わせてやるぜ。骨くらいなら残ってるんじゃねーか？」

その言葉が、廻音の心臓を引き裂いた。気づいたときには、廻音の右手はリョウキの頬を打っていた。

リョウキは眉を跳ねあげただけだった。それも、やたら面白そうに。ふん、と鼻で嗤ったリョウキが、ロズを一瞥して命じる。

「あとでコイツを、俺の部屋へ連れてこい。いいな」

重低音で脅しを加え、リョウキは高らかな笑い声をロビーに響かせ、廊下の向こうへ姿を消した。

廻音はリョウキが消えた暗い空間を睨みつけ、軋む胸元を右手でギュッと掴んだ。自分がまだ、未練がましく呼吸していることに絶望しながら顔をあげ、うつろな視線を再び外へ向けてみる。

爆熱を浴びて溶解した建物、樹木、人々、地表。すべてが溶けて混ざり合い、新たな地表を創りだしている。厚く垂れこめた黒雲の向こうから届く微量の光で、かろうじて認識できるのは、冗談のような「無の世界」だ。

まるで重油の海のようだと、廻音は思った。静止したままの暗黒の海を、廻音は黙って見つめ続けた。

廻音の中で、なにか得体の知れないものがチリチリと燃え、揺らぎ始める。

それは、張りつめた廻音の神経を、炎が灼き切ってゆく過程だった。

廻音が初めて遭遇し、抱く、憎悪という名の壮絶な感情の芽生えだった。

そしてそれは、真士を殺したリョウキに対する殺意へと、ゆっくり姿を変えていった。

真っ暗な廊下に、ロズと廻音の足音だけが反響している。

毛布をしっかりとたぐり寄せ、引きずりながら、廻音はロズに先導されてリョウキの部屋へ向かっていた。

あの男…リョウキに、いまからなにをされるのか、おおよその見当はついていた。わかっていながらロズがそうせざるを得ない事情も、訊かずとも承知していた。

理由は、ひとつ。リョウキが、ここのボスだからだ。

リョウキに逆らうことは、イコール『死』を意味する。ここに生息する男たちの態度から、それは容易に察しがついた。

みな、リョウキが怖いのだ。彼に殺されたくないのだ。だからアイツの言いなりになるのだ。世界が消滅したに等しいいま、死のうが生きようがどうだっていいのに。それでもまだ、みんな命が惜しいとみえる。廻音は心の中で、人間の本能を嘲笑った。

ここに残っている全員は、命への執着が並ではないのだ。もしくは単に死が怖いのか、それとも他に、なにかやり残したことでもあるのか。

理由なんて、どうだっていい。要するに、まだ死にたくないということだ。おそらくは、無言でロズのあとをついていく自分も含めて。

政府管理下に置かれた核攻撃対応型施設やシェルターは他にも多くあるはずだが、不老不死という人類の夢の実現に賭けたこの施設ほど、防護対策の粋を極めた建造物はないと、昔クレイン施設長から聞いたことがある。あのホワイトハウスですら、クライオニクス研究施設に比べれば、ガラス細工同然だ…と。

そのクライオニクス研究施設の中で、現在確認できる生存者は、アラン、ヤスヒコ、ディーゴ、ロズ、そしてリョウキ、この五人。廻音を含めて、男ばかりが計六人だ。さっき見た景色が幻影でないとすれば、この六人が地球上の、最後の生き残りと言えるかもしれない。

だが、リョウキの説明を信じるなら、核投下後も生存者はいたことになる。

女性たちはリョウキらに輪姦されたあげく、殺されたそうだ。ここからの逃亡を企てた男たちは、結局は失敗し、連れ戻され、拷問された。いずれもリョウキの采配による残虐な行為だったと、暗い廊下を先導してくれながら、ロズが淡々と白状した。

死にたくなかったら逃げるなと忠告したつもりだろうか。だが、聞けば聞くほど心は冷静になってゆく。生きて屈辱を受け続けるより、死んでしまったほうが遥かに楽だと、正常な判断を下せるほどに。

生きることの意味も、眠りから覚めた意味さえも、もはや廻音には不要だった。

人類の滅亡を目の前にして、いまさら実験の成功など……廻音という成功例など、なんの役にもたたない。自分というマウスは、人類にとって無駄だったのだ。無駄な二十年を生きていたのだ、自分は。誕生すらも無意味だったのだ。

『あなたは蘇らないほうがよかった――……』

そう呟いたロズの本心を、廻音はようやく理解した。だが、理解はしても、すべてを認めるわけにはいかない。

なぜなら廻音には、やるべきことがひとつだけ残っているから。

それは、真士の仇を討つこと。それをやり遂げてこそ、蘇ったことに意味が生じる。この世に誕生した理由も、後付けできる。真士の仇さえ討てば。

それまでは、絶対に死ぬわけにはいかない。


この足はいま、リョウキのもとへ向かっている。だからこれは、チャンスだ。

生きた人間を一瞬で殺害する方法を、廻音は知っている。

頚動脈を、切ればいい。

情事の最中であれば、おおげさに抱きついたところで、不審がられることもない。

前方を歩くロズの、背中で揺れる黒髪を眺めながら、廻音は赤い舌先で、鋭利な歯列をペロリと舐めた。


大きな扉の前で、ロズが足を止めた。ここは、クレイン施設長が使っていたプライベート・ルームだ。

リョウキはここを自室にしているようだった。ロズも他の三人も、施設内の好きな場所に、それぞれの部屋を構えているのだろうか。

泥棒猫のようなやつらだ――苦々しい思いを、廻音は奥歯で嚙み潰した。

重厚な造りの扉を二度ノックし、ロズがドアのバーを持ち上げた。ガゴン、と鈍い音がしてドアが開く。廻音はロズのあとに続いて部屋の中に足を踏み入れた。

ここも他と同じで、やけに薄暗い。だが廊下ほどは寒くない。部屋のどこかに熱源でもあるのだろうか。

足元を確かめながら慎重に進み入ると、廻音のうしろで静かにドアが閉じられた。ハッとして振り向いたときにはもう、ロズの姿は消えていた。

見殺しにされたのも同然なのに、他人事のような冷笑を浮かべている自分が不思議だった。極限状態に置かれているのだから、神経が鈍くなるのも仕方ない。そうでなければ、とっくに命を絶っている。

目が薄闇に慣れるに従い、室内の様子がリアルになる。

リョウキは革の黒衣のままで、ベッドに横たわっていた。あのベッドも、おそらくクレインのものに違いない。持ち主が代わったということは、もうクレイン施設長は存在しないと――そう解釈するのが、悲しいかな、自然なのだと理解した。

毛布を素肌に巻きつけて立ち竦む廻音を、リョウキがジロジロと見まわし、無機質に命じる。

「毛布を外せ」

廻音は、毛布の端を掴んでいた手をダラリと下げた。毛布は廻音の肌を滑り、床に落ちた。全裸には寒すぎる空気が、廻音の白い肌を刺す。

薄闇に浮かびあがった白い肉体を前にして、リョウキがそれとわかるほど好色な笑みを浮かべた。廻音の肌を舐めるように、そして内部を覗くかのように、瞬きもせず視姦している。

全裸の廻音の、怒りに引き攣る大きな瞳から血のように赤い唇へ。強靱で獰猛なリョウキの視線が、廻音の小さな顎を持ちあげ、なだらかな肩に食いこみ、括《くび》れた鎖骨を軋ませる。

白い肌の上に色づくふたつの乳首を押し潰し、こね回し、縦に小さく裂けたヘソを辿り、そして……真っ直ぐに伸びた両脚の、その付け根。淡い繁みから零れた雄に絡みついて止まった。

「来い」

鋭い犬歯を覗かせて、リョウキが顎をしゃくった。

廻音はあたりを慎重に探りながら、ベッドへ近づいた。どこかに刃物、もしくはガラスの破片はないだろうか…と。

だがリョウキは待ってくれなかった。いきなり廻音へと腕を伸ばし、手首を掴むと、ベッドへ引きずり倒してしまったのだ。

「あっ…！」

抵抗する間もなく、廻音は背中からリョウキに組み伏せられていた。そのうえ廻音の両手首は、リョウキの頑丈な左手によって、早くも縛《いまし》められている。

　廻音を押さえつけたまま、リョウキが服を脱ぎ捨ててゆく。拒絶心から、廻音は反射的に両目を閉じた。

　だが、リョウキの胸が背中に直接触れたとき、廻音は両目を見開いた。

　移行してくるリョウキの体温が、皮膚の質感が、肉体の重量が、真士のそれと酷似していたから。

　背中から被さってくるリョウキの感触は、廻音が毎夜しがみついて甘えていた、あの懐かしい真士の体にそっくりだったから。

　内に熱さを秘めた、サラサラと乾いた強い肌。引きしまった筋肉、浅黒い肌。廻音より二回りも大きな肉体に、すっぽりと包みこまれる、あの極上の幸福感。

　真士の一挙一動も忘れるものかと、廻音は余すところなく記憶に刻み続けたのだ。その自分が、真士の体を間違えるはずがない！

　コロシテヤル――――ほんの数秒前の誓いさえ忘れるほど、リョウキの肌は懐かしい匂いがした。

「幸せそうな顔しやがって。いまからなにをされるのか、お前、わかってねぇのか？」

　その声に、廻音はハッと我に返った。不思議そうに廻音を眺めるリョウキと視線がぶつかった瞬間、廻音はとっさに顔を伏せた。

　最も知られたくない男に、知られてしまった。真士だけが知っている、真士を待ち焦がれている顔を、真士を殺した憎い男に目撃されてしまった！

屈辱で、身が震える。同時に、廻音の耳に下卑《げび》た声が吹きこまれる。

「お前、やる気満々じゃねーか。したくてしょうがねえって顔だな。え？」

カッと頭に血が昇った。クックック…と好色な笑い声を薄闇に響かせ、リョウキが廻音の腹の下に、強引に手を潜らせてきた。

「お前のココが、泣きたいってよ」

「ヒ…！」

そこを握られたとたん、廻音の背筋を駆け抜けたのは――――。

「…――――ッ‼」

廻音は必死で否定した。そんなバカなと狂ったように首を振り、逃れようとして身を捩った。

この反応は、歓喜？　いや、そんなこと、あるわけがない！

でも廻音は知っている。いまもはっきり覚えている。真士が肌に触れた瞬間、いつだって廻音の全細胞は、こんなふうに真士を迎えた。真士がそこに触れるだけで全身の筋肉が熟したように蕩けだし、皮膚が一瞬にして朱に染まる、あの感覚だ。

信じ難い肉体の反応に、畏怖まじりの焦りが生じる。

「い…イヤ、いやだっ！」

廻音は懸命に、リョウキの手を解こうとした。だがリョウキは残忍に笑うばかりで、決して力を弛めてはくれない。

キュッキュッと揉み扱かれるたび、中心部が熱く滾《たぎ》り、充血する。

ヤスヒコたちの体に、廻音は微塵も反応しなかった。単に肉体の一部を…器官を提供しているだけだという、どこか自分のものではない感覚で、心と体を切り離して、耐え続けた。

だがリョウキに対しては、精神的なコントロールがまったく利かないのだ。

なぜだか解らない。心では拒絶しているのに、体の反応が抑えられない。廻音は混乱した。パニックになっていた。心拍数が急激にあがり、貧血を起こしそうになる。

「こんな冷え切った体を抱いてもつまらねーからな。もうちょい温めてから挿れてやるよ」

「い…や…っ」

扱かれるたび、下腹部が淫靡な熱を放つ。なにか得体のしれない生き物が、内部で蠢いているようだった。

リョウキに縛められていた両腕は、いつしか解放されていた。廻音はその手でシーツにしがみついた。

腰を突きだせと強要され、晒した股間を潰すように揉まれ、廻音はいまリョウキとではなく、自分自身と戦っていた。幾度となく押し寄せてくる波動から逃れようとして、泣きたい思いで身を捩った。が、そのたびに腰を掴んで引きずり戻され、さも愉快だといわんばかりに、含み笑いでからかわれるのだ。

「いけよ、カイネ。いきたいんだろ？」

ゾ…と表皮に鳥肌が立つ。こんな男に馴れ馴れしく名前を呼ばれたくはない。

だが抵抗は、長くは保たなかった。廻音は屈辱に涙しながら全身を悔しさで震わせ、リョウキの手の中で果ててしまったのだ。

その瞬間、廻音は決して声をあげなかった。恋人を殺した男の手に責められて嬌声を放つのは、真士に対する裏切りだからだ。

ベッドに崩れた廻音を、リョウキが片手で仰向けに返し、廻音の膝裏に手を当て、乱暴に割り広げる。

吐精したために、廻音のそこは薄闇の中でもかすかに艶を帯びていた。廻音の恥部を眺めながら、リョウキが唇を真横に引いて嗤う。

「奉仕次第では、俺専用にしてやってもいいんだぜ？」

廻音は唇を噛みしめた。返答もしないし、抵抗もしない。しても無駄だ。リョウキを図に乗らせるだけだ。どうせ輪姦されてしまった身だ。汚れていることに変わりはない。

それに――――そう。最初からこの体勢で、さっさと済ませてくれればよかったのだ。こみあげてくる悔し涙を堪えながら、廻音は自分を慰めた。

長すぎる視姦に耐えかねて、リョウキの顔に唾を吐きかけると、手の甲でそれを拭ったリョウキが、廻音の顎を掴んでクックッと喉を起伏させた。

「気の強ぇ猫だな。え？」

廻音の脚を肩に担ぎ、リョウキが顔を接近させる。フイッと顔を背けると、頬をベロリと舐められた。その舌は、廻音の唇まで這い進んだかと思うと、ふいに離れた。訝《いぶか》しんで睨みつけると、リョウキが唇を歪めて言った。

「散々あいつらのザーメン飲んだ口では、キスって気分じゃねーよなぁ」

カッとなって、廻音は右手を振りあげた。それを強《し》いたのは一体誰だ！

だが、リョウキの頬にヒットするはずの掌は、呆気なく躱されてしまった。代わりに廻音の頬に、重量をともなう平手が落ちる。

軽い脳震盪……脳裏が一瞬真っ白に弾ける。

「慌てるなよ、カイネ。痛い目に遭いたいのなら、いまから死ぬほど遭わせてやる」

瞬間、廻音は息を詰めた。

抱えあげた廻音の細い腰に、リョウキがいきなり押しんだのだ。

「あぁぁぁぁ……！」

裂けそうだった。無意識に許しを請いそうだった。

だが廻音は目を剥き、息を止め、強烈な痛みと屈辱に耐えた。シーツに食いこんでいる指は、この瞬間にも爪がメリメリと剥がれそうだ。だが、負けたくない。こんな男に負けてはいけない。

「いい声で啼いてみろ！　啼け！」

「……ぐ…ぅっ」

肉を叩く音がする。血の匂いがする。我がもの顔でリョウキが行き来する。

廻音はリョウキを凝視した。憎悪を突き刺してやるために。戦えるだけの力がないなら、降伏しないという意志だけでも見せてやりたい！

高すぎる廻音のプライドが、男の征服欲をさらにかきたてているとは知らず、廻音はリョウキに視線を突き刺し続けた。固い器官をメリメリと割り開きながら、リョウキが廻音の顔面を掴む。

「ホントにテメェは気の強ぇヤローだな」

「ギ…！」

リョウキのピッチが早くなる。上体が、徐々にこちらへ被さってくる。

腸壁を荒々しく抉られ、痩せた体が捩れ、軋む。気がつけば、息が触れるほど間近にリョウキの顔があった。痛みで霞む目を凝らし、その首筋——頚動脈の位置を必死で探った。

刃物もなにも、手にする余裕がなかった。ならば、なんとしても嚙み切ってやらなければ。肉を喰い破り、動脈を断ち、殺すのだ！

リョウキが達する気配をみせた。廻音に覆い被さり、背を掬い、廻音の狭い肩口に顔を埋めたそのとき。

廻音はリョウキの肩を、しっかりと抱えた。

緊張のあまり、いまにも灼き切れそうな神経に反し、頚動脈を映した双眸だけは歓喜で輝いていた。真士の仇を討てるのだ。そしてようやく、真士のもとへ逝けるのだ…！

廻音は歯を剥いた。

刹那、悲鳴をあげそうになった。

見たのだ。リョウキの首筋――――右僧帽筋の上に黒く灯った、楕円形の、小さな痣を。

「……どうし……て……」

廻音が漏らした微かな疑問など気にも留めず、リョウキは廻音の体内に、性欲のかぎりを放出している。

「あ、あ…ぁ――――っ」

浴びせられる衝撃に耐えきれず、廻音はリョウキの首にしがみついた。

直腸が痙攣し、激しい収縮を繰り返す。低く唸ったリョウキが、ブルッとひとつ身震いする。

満足したのだろうか、廻音の中から抜こうとして腰をあげた。だが廻音は無意識に、四肢に力を込めて撤退を阻んだ。リョウキが淫猥な笑みを浮かべ、廻音をからかう。

「なんだ。足りねぇのか？」

廻音は瞬きもできずにいた。リョウキの痣だけが、視界のすべてを占めていた。

涙が止まらない。あとから、あとから、とめどなく湧いてくる。

「……なんだ？」

リョウキが眉を跳ねあげる。それでも廻音は泣き続けた。

悲しいのか悔しいのか嬉しいのか…廻音本人にすら自分の感情が理解できない。

子供のようにしゃくりあげる廻音を、リョウキが不思議そうに眺めている。見られたくなくて、廻音は顔を両手で隠した。だが、簡単にその手を剥がされ、とっさに顔を横に向けたら、今度は至近距離から目を覗きこまれ、逃げ場を封じられてしまった。

「…どうした？」

ひどく静かな声で訊ねられ、廻音は黙って首を横に振り、リョウキの痣から目を背けた。

廻音の中で、リョウキが再び息を吹き返し、今度はゆっくりと前後に動く。リョウキが廻音の腕をとり、自分の首へと誘《いざな》う。導かれ、廻音はその首に両腕を回した。ふたりの体が密着する。同じリズムで静かに揺れる。

廻音はリョウキに気づかれないよう、唇で痣に触れてみた。直後、歓喜が背中を突き抜けた。

「あ………っ」

懐かしい幸福感が、廻音の体を呼び覚ます。

間違いない。この痣は廻音がつけたものだ。絶対にそうだ。毎夜、時間をかけて、真士の体に残した痣だ。

これは、ふたりが愛し合った証拠だ。廻音が死んでも、真士が決してその事実を忘れないようにと執拗に吸い、歯で皮膚を破り、真士に困惑されながらも、無理やりつけた刻印だった。

その刻印が、リョウキの体に記されている。理由はわからないけど……でも。

彼は、真士だ。

そう思ったらもう、耐えられなかった。廻音はリョウキにしがみつき、首筋の痣に唇を押しつけ、吸い、いつしか自分から腰を振って奉仕していた。

廻音の耳許で、ククッとリョウキが笑みを漏らす。

「お前、なかなかイイじゃねーか。カイネ」

それには答えず、ただ廻音は、真士の感触を無心に求めた。貪るように吸いついた。

幸せで目が眩みそうだ。いま自分は真士に抱かれている。三十五年を経て蘇り、やっと再会できたのだ！

廻音の体内で、真士がゆっくり膨張する。廻音の粘膜も刺激を受けて充血し、真士のそれに密着したまま一緒に広がる。一体化しすぎて、粘膜が溶けてしまいそうだ。

廻音は真士のリズムに合わせて腰を振った。この感触は間違いなく真士だ。廻音を焼き尽くすこの熱さも、奥まで届く逞しさも、硬い繁みが擦れる感じも、すべてが松宮真士だった。

「ん……っ」

熱い息が自然に零れる。涙まで伝う。それを真士が舐めてくれる。

「声出せよ。カイネ…」

耳元で囁かれて、廻音は従順に唇を開いた。耳を澄ませれば、声だって同じだ。真士とは似ても似つかない下品な口調に惑わされなければ、ちゃんと真士を感じられる。息づかいをゆっくりにして深みを出し、発声を柔らかくして丁寧な話し方に変えれば、真士の声と波長まで同じに違いなかった。

「シ……」

男の動きに逆らって腰を引き、男が突きあげると同時に腰を戻したのは無意識だった。これ以上はないほど奥深くで、快感が弾けた。

「あ……っ」

漏れてしまった。ほんの少し。真士も気持ちがいいのだろう、何度も動きを止めて射精を我慢している。以前の真士もそうだった。ときおり動きを中断して、快感の余波を貪っていた。

「シンジ…」

恍惚となりながら、廻音は愛する人の名を唇に灯した。

彼は、真士だ。やはりリョウキは、松宮真士だ。

廻音は恋人にしがみついた。嬉しくて嬉しくて、乱れる感情を制御できない。真士は生きていた。生きて、いま、廻音を抱きしめてくれている！

「ん……ぁ」

無意識に零れた廻音の嬌声が、彼を更《さら》なる猛りへと導く。

「いいぜ、カイネ。もっと啼け。もっと、もっと、もっとだ！」

「ぁん、あぁァ……」

廻音は欲情に身を任せ、愛する人の肉体に溺れた。

目覚めたとき、廻音はリョウキの腕の中にいた。

室内の白壁に浮かびあがるリョウキの凛々しい横顔を、不思議な思いで見つめていた。

その口元に恐る恐る手を伸ばしてみるが、触れようとした直後、引いてしまった。それは、さっき廻音との口づけを拒んだ唇だったから。

あの瞬間、真士に拒絶された気がして傷ついた。男たちに凌辱された廻音を、『汚い』からと、やはり真士でも拒むのだろうか。それよりもまず、彼を真士と呼んでいいものかどうか。

廻音は上半身を起こし、胸を静かに起伏させている男を眺めた。体を捻り、リョウキの顔の両脇に手を突き、唇をジッと見つめる。この唇は本当に、過去に何度も口づけた、あの唇なのだろうか。

触れてみれば、きっとわかる。そう思い、そっと顔を近づけたとき。

「――――ザーメン臭ぇ口だな」

薄目を開き、リョウキが言った。

飛びのいた瞬間、易々と手首を拘束された。廻音はとっさに身構えた。暴力を振るわれると思ったのだ。だがリョウキは廻音を一瞥しただけで、あっさりその手を放してくれた。

ドン、と背中を押され、廻音はベッドから床へ落下した。背中に毛布を投げつけられ、訳もわからずベッドの上を仰ぎ見る。ぶつかったリョウキの視線は、まるでオモチャに飽きた子供のように他人事だった。

ゾッとする冷気が、廻音を冷酷に突き放す。廻音は思わず彼に縋った。

「シン……」

「ロズ！」

真士、と口走りかけた廻音を、リョウキが残酷に打ち払う。

ガチャリ、と扉が開いた。いつからそこにいたのだろう、ロズはすぐにやってきた。床に投げだされた廻音を見て、美しい表情がかすかに曇る。

「部屋に戻れ」

その言葉が自分にかけられたものだとは、廻音は、すぐには気づけなかった。

廻音とロズの視線がぶつかる。エキゾチックなロズの瞳は、どう見ても哀れみとしか解釈できない、くすんだ光で揺れていた。その同情は、廻音に対する感情なのだと……しばらく経ってから理解した。

床に手をつき、身を起こす。痛む手足にたびたび呼吸を遮られながら立ちあがり、開け放たれた扉に向かう。

ふらふらと足元のおぼつかない廻音を支えようとしたのか、ロズが廻音に手を差し伸べた、その瞬間。

「ロザリオッ！」

怒声で壁が震動した。制されて、ロズの手が宙で止まる。そしてロズは廻音から目を逸らし、そのまま無言で擦れ違った。

苦い感情が胸に湧く。廻音は無意識にロズを振り返っていた。

ロズはリョウキのベッドへ向かっていた。リョウキがロズの細い腰に手を伸ばし、我が物のように抱きあげる。

ロズを挟んで、廻音の視線がリョウキとぶつかる。

ニィ…と笑われて、廻音の心臓が凍りついた。

廻音を視線で貫いたまま、リョウキがロズに唇を重ねた。


瞬間、廻音は闇に放り投げられたような孤立感を味わった。

この目で見ている光景が、まるで、悪い夢のようで。

リョウキは残酷な光を目に滾らせ、弱々しく抗うロズの髪を掴み、深く、荒々しく、雄々しく、美しい唇を陵辱してみせた。あの、真士の唇で。

廻音は部屋から飛びだした。廻音を呼ぶロズの声が聞こえたが、決して振り返らなかった。いや、振り返れなかったのだ。あの光景を網膜に焼きつけるのが恐ろしくて。

鼓動が荒れる。胸が痛い。心臓が破れそうだ。息ができない、酸素が足りない！

「あ、あぁ、あぁぁ、あぁ……！」

真士、真士、真士、真士……──！

何度もふらつき、壁にぶつかり、いまにも意識を喪失しそうになりながら、廻音は走った。あの部屋から逃げるために。こめかみがガンガン痛む。目の前が真っ暗になる。なにも見えない。もう走れない。もう生きられない。それでも廻音は逃げ続けた。見てしまった現実から。

リョウキとロズは繋がっていたのだ。体も、おそらくは……心も。

『私はリョウキには、逆らえないものですから』……。

あの言葉は、恐怖からくるものだと思っていた。だが違ったのだ。ロズはリョウキを愛しているから逆らえないのだ。逆らう気もないのだ。そしてきっと、リョウキもロズを……！

「うぅ……っ」

漏れる嗚咽を堪えながら、廻音は処置室に飛びこみ、背中でドアを閉め、そのままズルズルと床に崩れた。両手で胸を押さえ、毛布を体に巻きつけて目を閉じ、記憶を消そうと必死になった。だが瞼に焼きついてしまった光景は、簡単には消えてくれなかった。

廻音の心を傷つけたのは、リョウキとロズではない。真士とロズが愛し合う姿だった。

真士が、廻音以外の人間を愛《め》でた。廻音を突き飛ばし、ロズを選んだ。そして真士の唇で、廻音ではなく、ロズにキスした。それがどうしても、どうしても理解できない！

あれはやっぱり真士じゃない。真士が廻音の前で、あんなことをするはずがないのだ。『精液臭い』と罵ったあげく接触を拒んだ唇を、これみよがしに他の誰かに与えるという下劣な行為は、誠実を絵に描いたような真士の性格とは真逆だ。廻音をこんなふうに傷つけて、面白がっている人間が、松宮真士のはずがない！

「真士…っ」

名を呼べば心が落ち着くと思ったのに、逆に動揺が増してしまった。

また、わからなくなってしまった。リョウキは何者なのだろう。真士は一体どうなったのだろう。リョウキが真士のはずはないし、真士がリョウキであるはずもない。だからあれは、真士じゃない！

「だから、僕がショックを受ける必要はないはずだ。だって、真士じゃないんだから」

自分自身に言い聞かせて、廻音は膝を抱えて毛布を引き寄せた。

でも、だったら、どうして？

なぜリョウキに、あの痣がある？

廻音は頭を掻きむしった。考えれば考えるほど迷宮に入りこむばかりだ。

歳月が経っても消えないように——そう願って灯した刻印だった。毎夜のことに、赤かった鬱血がすっかり黒く変色してしまったと、真士はいつも困惑していた。リョウキの頸部にあったのは、まさしくそれだ。つけた本人が間違えるはずはない。

なぜ真士のそれと同じ場所に、同じ形の痣がある？

「まさか…」

廻音は口元に拳を当て、呟いた。

もしかして真士は、記憶を無くしているのだろうか。

有り得ない話ではない。廻音がコンテナの中で保存されている間に、地球上で起きたことを考えれば、感情や記憶が破壊されてもおかしくはない。

だけどリョウキは、核が落ちたときの事実を克明に記憶している。ならば事件が起きたとき、リョウキはすでにリョウキだったのだ。核が投下された瞬間の彼は、真士ではなくリョウキなら……ショックによる記憶喪失という仮説は当てはまらない。

なにがなんだか、わからない。わからなくて苦しい。答えが欲しい！

「真士……ッ」

淋しさに凍える唇を、震える両手で覆った。そのまま身を折り、廻音はポロポロと涙を零した。

息を潜めて非常階段を降り、薄暗い廊下に身を屈め、廻音は医療班専用のロッカールームに忍びこんだ。

細い隙間から内部を覗き、誰もいないのを確かめると、足元にまとわりつく毛布をかき寄せて素早く中に身を割りこませる。

リョウキに散々貫かれた肉体は、一時こそマグマのような灼熱を宿していたが、リョウキとロズの関係を知った直後から、急速に冷えていた。

膝から下の感覚は失せている。まるで氷のブーツを履いているかのように痺れ、重い。一刻も早く履物を、そして衣服を身につけなければ凍死する。

三十五年も経っていれば、ロッカールームなどというアナログなスペースは廃止されていてもおかしくないのに、まったく同じ場所に、同じネーミングで残っているのが逆に新鮮だった。

寒さに震える腕を伸ばし、廻音はもっとも手近のロッカーを開けた。鍵式の時代とは異なり、デジタルタイプに変わっているが、システムが壊れているようで、すべて解錠されている。

ぼんやりと闇に浮かびあがったのは、真っ白なバスケット・シューズだ。一番欲しかったものを最初に手に入れて、廻音はその場で小さなガッツポーズをとった。

施設内には、たしかジム併設のトレーニングルームがあったはずだ。バスケやスカッシュ、マシンなどで汗を流す者は少なくない。このロッカーの主も、きっとバスケでリフレッシュしていたのだろう。

凍えて固まった足を、廻音は急いで靴に押しこみ、ふくらはぎを両手で擦った。それだけで体温が一度上昇したような気分になる。やっと生気が戻ってくる。

その隣のロッカーでは、フードつきのトレーナーと、スウェットパンツを手に入れた。その裏側のロッカーで発見したのは、ナイロン製のサウナスーツ。サイズはすべて大きめだが、この際なんだって構わない。重ねて着れば、ほら、こんなにも温かい。フードを被り、その上から毛布で身を包んで、ようやく廻音は凍死を免れた。

次に廻音がしたことは、真士専用のロッカーを捜すことだった。どんな小さなことでもいい、とにかく真士の手がかりが欲しかった。

真士のロッカーの場所は知っている。以前と変わっていなければ、ここから二列奥、左から三番目の……ここだ！

バン、と廻音はロッカーに両手を突き、ネームプレートを凝視した。

が、そこにシンジ・マツミヤの名はなく、廻音の知らない他人の名前が記されていた。

廻音はその隣のロッカーに飛びついた。これも、知らない名前だ。その横も向こうも、うしろも！

廻音はすべてのロッカーを確かめた。何度も執拗に見直した。同僚だったケヴィンは…あった。

シカゴ医大出身のジャックの名も発見した。

だが、真士の名前だけがない。ないのだ！　どこにも！

「どうして…？」

驚愕とともに、全身から力が抜け落ちる。背中をロッカーに預け、ずるずると床に座りこんでも、疑問を解決する糸口はみつからない。

廻音は茫然とした。真士の名前がないなんて、有り得ない。絶対に有り得ないのだ。なぜなら、このクライオニクス研究施設でフェニックス計画に携わるメンバーであるかぎり、ロッカールームに名前が存在するはずだった。

まさか…と、廻音は呟いた。

「まさか、辞めた？」

違う。そんなはずはない。廻音を置いて、真士が施設を辞めるはずがない！

だが、あれから三十五年も経っている。廻音の気持ちは当時のままでも、真士にとって廻音は、単なる思い出のひとつに過ぎないかもしれない。それより、とっくに引退してしまったのかもしれない。廻音を置いて。

「僕のことなんか、もう、見捨てちゃった……？」

リョウキという名を持つ真士が、廻音に見向きもしないのと同じように。

廻音はブルンと頭を振った。勝手な想像で弱気になっている場合ではない。

もう一度ネームプレートを確認しよう。もう一度ゆっくり落ちついて捜そう。そうすればきっと、今度こそ真士の名前は見つかるはずだ。

廻音は端のロッカーから順に、ひとつずつ指でネームプレートに触れながら、文字の綴りまで確認した。

「――――え…」

その列の最後で、ネームプレートを追う指が止まる。

「ロザリオ・オルティース？」

ロザリオ……。

「…って、ロズ？」

そういえばさっき、リョウキはロズを、ロザリオと怒鳴りつけた。

まさか、と廻音は自分の思いつきを一笑した。ロザリオなんて名前は、このニューヨークに山ほどいる。

だが――。

把手を引いた。カギはかかっていない。廻音はロザリオ・オルティースのロッカーを開けた。中には白衣が一着だけ。

だがその扉の内側に貼ってある一枚の写真に、廻音は思わず、アッと小さな悲鳴をあげた。

背景は、この施設のセンターコート。シンボルの、大きなパームツリーが写っている。

日付は二〇三二年九月。現在の三年前。ということは、核投下の二年前か。

もちろん廻音の知らない顔が多かったが、中には懐かしい人物もいた。中央で車椅子に座っている白髪の老人は……クレイン施設長に違いない。隣の女性は、リリアだ。口元の皺が深くなって、少し体つきもふっくらとして、一層優しい面立ちになった。リリアの肩に腕を回しているのは、歳をとっても相変わらず冗談ばかり飛ばしていそうなケヴィンに、そのうしろは、風格を蓄えたジャック。そして。

ジャックの隣、ほんの少しの間隔を空けて立っているのは。

エキゾチックな微笑を湛えた、いまとほとんど変わらない白衣姿のロズがいた。

うそだ……と、引き攣った笑いが漏れた。

まさかロズが、フェニックス計画のメンバーだったなんて。

でも、そうだとすれば施設内の全員を殺したというリョウキの説明は嘘になる。だって、現にロズは生きているのだから！

廻音は写真をロッカーから剥がした。眼を凝らし、真士の姿を探してみるが、やはりここでも見当たらない。

「どうして…？」

疑問の答えを求めて、食い入るように写真を見ても、真士の姿は見つからない。

「撮影したのが、真士だから…とか？」

そんな解答、慰めにもならない。

肩を落としたとき、後方で空気が動いた。廻音はハッと顔を起こし、耳を澄ませた。

「カーイネちゃーん」

猫撫で声が、ロッカールームの壁の向こう……廊下に響いている。あの声はアランだ。

廻音はロズのロッカーをそっと閉じ、音を立てないようにしてしゃがみ、息を殺した。

「カーイネちゃーん、子猫ちゃーん、どーこだーい」

ニャーオと猫の鳴き真似をしながら、アランがロッカールームのドアノブに手をかけた。廻音はさらに息を潜め、耳を澄ませた。

ガチャッ…とノブが回る。軋んだノイズを響かせながらドアが開き、アランの鷲鼻の輪郭が、白い扉面に浮かびあがる。

ゆっくりと時間をかけて、鷲鼻が痩せた頬骨に姿を変え、廻音のほうを向いて止まった。

「いるんだろ？　子猫ちゃん」

ニャーオと一声鳴いたアランは、ドアを閉め、暗闇に向かって鼻をヒクヒク動かしながら、廻音が潜んでいるほうへ近づいてくる。廻音の心臓は、いまにも口から飛びだしそうだ。

「隠れてもわかるんだぜ？　匂うんだよなぁ、子猫ちゃん。そろそろミルクの時間だぜ？　おいしいミルク、たっぷり飲ませてやるからよぉ」

闇の中、廻音は膝の間に頭を伏せて目を閉じ、必死で息を殺し続けた。

廻音の上を、暗闇が覆ったような気がした。

被っている毛布の端を胸元で握りしめ、おそるおそる顔を起こした廻音は、ヒッと息を呑んで目を剥いた。

仁王立ちのアランが、そこにいた。

ニヤリ…と残酷に笑っているだけではない。右手には、スイッチ・ナイフを手にしている。

「いるんならよぉ、返事くらいしやがれってんだよなぁ、この…」

廻音の頭を乱暴に掴み、アランが吠えた。

「この死にぞこないがッ！」

刹那、廻音の頭はロッカーに叩きつけられていた。

「てめぇ、なにコソコソ嗅ぎ回ってんだ！　なんか武器でもみつけてよぉ、オレたちを殺《や》ろうってんじゃねーだろーなぁ！　ええ？」

ガン、ガンと、何度もロッカーに後頭部を打ちつけられ、次第に意識が遠のいてゆく。

床に倒れそうになる廻音の襟首を掴んで引っ張りあげ、アランが突然レザーパンツのファスナーを下げた。勃起した肉の塊が、眼前に出現する。

「テメェはよぉ、黙ってコレだけ咥えてりゃいーんだ！」

髪を掴まれ、顔に性器を押しつけられた。顎の下に宛がわれたのは、ナイフの先端！

充血してヒクヒクと脈打つアランの男根が、廻音の頬に、顎に、鼻先に擦りつけられる。異様にうねるアランの声が、廻音の上から降ってくる。

「昨日はよぉ、あいつらが一緒だったからよぉ、まったく色気がなかったよなぁ。今度はよ、もうちょい優しくしてやるからよぉ、だからサービスしてくれよ。な？　リョウキにやったみてぇによぉ、オレにも可愛く甘えてくれよぉ」

アランが廻音の唇に、グイグイと腰を押しつけてくる。ツン…と生臭い腐臭が鼻をつく。リョウキから投げつけられた屈辱的な言葉――精液《ザーメン》臭い口――を、イヤでも思いだしてしまう。

廻音は唇を結んで抵抗した。顔を背け、懸命に抗った直後、頬に鋭い痛みが走った。

廻音は悲鳴をあげていた。ナイフが廻音の左頬を斜めに裂いたのだった。廻音が怯んだ隙を逃さず、アランは廻音の頭を掴んで口を開けさせると、猛りを無理矢理こじ入れてきた。

「ぐ…ぅっ」

「へへへ…お前、ホントにイイぜぇ。なぁ子猫チャン、仲良くしようぜぇ」

アランが腰を前後させるたび、廻音の後頭部がロッカーにぶつかる。喉の奥まで押しこまれて、何度も吐き気を催した。

「もっといい顔しろよ、ロズみてぇによぉ」

ロズという名前に、廻音は反射的に硬直した。アランが眉をあげて嗤う。いやらしく片頬を吊りあげ、下卑た目つきで廻音を見下ろす。

「ロザリオはよぉ、リョウキ専属の『便所』だからよぉ、オレたちは犯らせてもらえねぇんだよ。けどよぉ、濡れ場はよ、ドアの隙間から拝ませてもらってんだよなぁ。そりゃあ、すっげぇイイぜぇ。ロズはよぉ、いい声で啼くんだよ。リョウキのアレを銜えこんでよぉ、ヒィヒィよがり狂うんだよぉ…」

リョウキの専属という言葉に、過剰に反応している自分が情けない。渦巻く思いは、まさか嫉妬か？　真士の体に愛される唯一の人、ロズに対する歪んだ感情。

「なぁカイネ。お前ならロズに負けず劣らずキレーな顔してるし、具合もいいしよぉ。だから…な、子猫チャン。これからはお前が、オレの相手してくれよぉ。な？」

おや、とアランが廻音に目を落とした。廻音が動かなくなったのを見て、降伏したと思いこんだようだった。

「最初っからそうやってよぉ、素直でいりゃあいいんだよ」

へへへ…と乾いた声を響かせ、アランが廻音の顎からナイフを退けた直後。

廻音はその手を両手で掴んだ。相手が抗う隙を与えず、根元に向かって突き刺した。

ブシィィッと、鈍い音で、なにかが弾けた。

体液が噴出したのだ。

凄まじい絶叫がロッカールームに反響した。廻音は朦朧とする意識の中で、原因と結果を分析していた。

切断したアランの肉塊は、一瞬で筋肉が弛緩し、廻音の口の中で薄い表皮を弛ませた。不気味さに耐えかね、廻音は迫りあがってきた胃液と一緒に嘔吐した。

ボトリと床に落ちたのは、胃液と唾液と血液と精液にまみれた、赤黒い男根。

「アアーァッ！　ひいィイ、イーッ！」

血の噴きあがる股間を両手で押さえ、アランが床でのたうち回る。

あんなに動くと大量に出血して、命とりになりかねない――そう忠告してやらなければと思いながらも、やってしまった行為への恐怖で歯の根が合わず、声どころか、肺がうまく膨らまない。

「痛ェよォ、痛ェよおぉーっ！」

アランの悲鳴に耳を塞ぎ、廻音は夢中でロッカールームを飛びだした。

ロッカールームの惨状に、ロザリオは思わず顔を顰めた。

「おいアラン、しっかりしろッ！」

ロザリオの脇を駆け抜けたヤスヒコが、血まみれのアランにとり縋る。ロザリオは扉の陰で小さくなり、目を剥いて怯えているディーゴに命じた。

「リョウキを呼んできてくれ、ディーゴ」

「うぅ、う…っ」

返事とも唸り声ともつかない声を絞りだし、ディーゴが小さな体を起こして駆けてゆく。ディーゴが視界から消えると、ロザリオは瀕死のアランの傍らに屈みこんだ。

開いたファスナー周辺に滴る血は、まだ完全には固まってない。だが、刃物で切り取られたのであろう部位からは、かなりの血液が流れたようだ。

ケガを負いながら、おそらくアランはひどく暴れたのだろう。床や壁には、掻きむしるような指の跡や、体を押しつけたような痕跡が、薄闇にもわかるほど明確に残されていた。痛みを紛らわせるというより、性器を失ったショックで取り乱したと推測される。

哀しみと怒りで目を真っ赤に充血させたヤスヒコが、いきなり声を荒らげた。

「なにを黙って眺めてやがる！　さっさと手当しやがれッ！」

恫喝されて、ロザリオは逆に冷静に微笑み返した。

「もう、死んでるのに？」

「え……」

ヤスヒコがポカンと口を開けた。

なにを言っているんだ…と疑いの眼差しをロザリオに向け、そしてアランに視線を移す。アランが生きていることは、大きく起伏するその胸の動きで簡単に判断できるからだ。

ヤスヒコが何度も嚥下《えんげ》して、アランとロザリオを交互に見る。

「で……でも、まだ……」

息がある、そう言いたいのだろう。だがヤスヒコは眉ひとつ動かさないロザリオの前で言葉を失い、震える唇を真一文字に結び、続く言葉を呑みこんで黙した。

そんなヤスヒコの顔の前に、ロザリオは握った拳を突きだし、開いた。手の中の黒い物体を見てヤスヒコが目を剥く。

ロザリオが手にしていたものは、萎んだ肉片……廻音によって切断されたアランの男根。

「ち、チクショウ、あのガキッ！」

ヤスヒコが歯をギリギリと軋ませた。手の中のものをアランの傷口に添えてやりながら、ロザリオは平然と言った。

「廻音のせいじゃない」

「寝ぼけたこと言ってんじゃねーよ！　あのガキがアランを…」

「――――ヤスヒコ」

穏やかな声で制すると、ヤスヒコが口を結び、顔面を蒼白にして抵抗を諦めた。静まり返ったロッカールームに、ロザリオは感情の失せた声を響かせた。

「アランは犠牲的精神に溢れた、勇気あるウサギだ」

「ウサギ…？」

「そう、彼はウサギだよ」

だろう？　と同意を促すが、ヤスヒコは絶句したまま目も合わせない。

可哀想なアランの肩にそっと手を置き、ロザリオは優しく微笑みかけた。

「ご主人様を救うために、アランは火の中に飛びこんでくれたんだよ。感謝しなきゃね」


いま廻音は、研究施設の外に立っていた。

立って、そこから一歩も動けずにいた。

風はないが、匂いはある。これは人体が焼けた匂いだ。

クライオニクス研究施設が健在だったころ、不要部分を処理する際に何度か嗅いだ覚えのある、脂肪が焦げつき、蒸発するあの独特な粘液性のある匂い。

廻音はまっすぐ顔をあげ、前方を見た。

いま目の前にあるのは、真っ黒に灼け焦げた世界。果てしなく広大な、死の大地。

どこまでも続く黒々とした地表は、緩やかな波線を描いたままの状態で凝固していた。見あげた空には濃灰色の厚い層がかかり、太陽の光を完全に遮っていた。

歯が、ガチガチと音を立てる。

異様に寒かった。皮膚から皮下に浸透した冷気が、筋肉も血管も神経も、果ては骨の髄までも、すべて凍結させてしまうかと思われるほどの極寒と対峙していた。

このまま地上に倒れようものなら、氷柱と化したこの肉体が、粉々に砕けるだろうと予測できた。頬が痛い。眼球が凍る。瞬きができない。

「どうして…こ、んな……?」

呟く口元が、ぱりぱりと乾き、ひび割れる。

厳しいといわれるニューヨークの冬でさえ、現状とは比較にもならない。人間の予想を遥かに越えた寒波が、まるで廻音ひとりに襲いかかっているようだった。

核爆弾が投下されて以来、しばらくは灼熱地獄が続いたのであろうこの地表に、いままた新たなる異常現象が訪れているのだろうか。核が巻きあげた粉塵は、太陽の光を完全に断ち切っている。

氷河期がやってくる――。

永遠に生きたいと願いながら……クライオニクスに「不死」を望んでおきながら、人類は結局、自分で自分の未来を破壊したのだ。

廻音は自問した。なんのために人は生まれてくるのだろう、と。

なんのために廻音は試験管で命を与えられ、なんのために二十年も生き、そして、なんのために愛する真士と別れてまでも、眠りについたのだろう。

すべては、人類の夢を叶えるためだと思っていた。だが、いま目の前に広がる景色が人類の夢の成れの果てだと、誰が想像できただろう？

「ふ……」

自虐的な笑みが音になって漏れた。うっかり唇を開いてしまったせいで、口の中の湿りが一瞬にして氷と化す。

すでに歯列に霜が降りていたのか、慌てて閉じた口の中で、パリッと音がした。唇の内側が切れたのだ。

開いている瞳が痛かった。傷つかないよう慎重に閉じると、冷気の張りついた眼球に、刺すような痛みが生じた。滲んだ涙が、まつげの間で早々に凍り、氷柱になる。

戻らなければ、凍死する。

廻音は背後の建物を振り仰いで視線の行き場を見失い、唖然としたまま前を見た。

十階建てだったはずの箱型建築は、歪な二階建てに変貌していた。三階部分は半分溶けたようになって、醜い風貌だけを残している。

溶けた壁面が丸みを帯びて、複数のドーム状になっている。以前は上品なアイボリーだった壁肌も、真っ黒に炭化していた。一階から地下にかけて無事だというのが、もはや不思議なくらいだ。

もう一度廻音は消滅した街……いまはなにもない前方を見つめた。馬鹿げた自分の発想を、ただ、嘲笑うしかなかった。

本当に、バカみたいだ。この期に及んで廻音はまだ、逃亡する気でいたのだから。

真士がいつも話して聞かせてくれたデートコース…サンセット通りを直進して、次を右折。左角のカフェ・ドミンゴ。そこで真士が待っているような気がしたのに。そう感じること自体が狂っている証拠かもしれないが、だけどもう、ここにいたら間違いなく心身を破壊されてしまうから。

でも道など、どこにもない。サンセット通りも、カフェ・ドミンゴも。

夢や希望は、もう地球上には存在しない。

廃虚と化し、地獄と化した施設がひとつあるだけだ。

天を仰ぎ、廻音は息を吐き出した。空中で凍りついた息が、小さな氷の結晶になってキラキラと輝き、顔の上に降りかかる現実は、絶望的だけれど美しかった。

体も心も限界だった。いま気を失えば命はないと知りながら、廻音は自ら瞼をおろした。

大地に膝をつき、黒い地表に倒れこんだ。

ヒューヒューと音がする。……風だ。

もっともっと吹き荒れれば、上空を覆う黒い粉塵が遠くへ消え去るだろうか。そうすれば大地に陽が降りそそぎ、氷は溶けて、やがて……。

やがて、春がやってくるのだろうか。

「――……気がつきましたか？」

その声に、廻音の聴覚は瞬時にして正常に戻った。

ハッとして目を開き、風の音は自分の呼吸音だったと気づいて狼狽する。

自分はいま、建物に……クライオニクス研究施設の中にいるようだった。自力で戻ったわけはなく、誰かが運んでくれたのは間違いない。連れ戻されたのか、助けてくれたのか、真意は測りかねるけれど。

廻音はストレッチャーに寝かされていた。心配そうな面持ちで見つめているのは、ロズだ。すぐにロズだと認識できなかったのは、彼が断熱スーツを身につけていたからだった。頭の先から指先までを包みこんだスタイルは、まるで救助隊員だ。それほど外気が冷えているのだろう。廻音の上にかけられている寝具も、毛布とアルミのブランケット。だが、それでもまだ寒い。

白い息を吐きながら、廻音は視線を左右に動かしてみた。他に人の姿はない。

被っていたフードを外し、ロズが口元に笑みを浮かべる。

「リョウキが、あなたをここまで運びました」

「リョウキ………？」

廻音はぼんやりとその名を口にし、彼の顔を薄闇に思い描いてみた。

リョウキ――――ロズの恋人。真士かもしれない男。でも、真士では有り得ない男。

廻音の鼻孔を温もりがくすぐる。視線をゆっくりそちらに向けると、ロズが廻音の口元にスプーンを差しだしていた。

「温かいスープです。元気が出ますよ。…さぁ」

琥珀色の液体を食するよう勧められて、廻音は無意識に口を開けた。自分は相当空腹だったのだと、いまさら気づいて酷く恥じ入る。

寒さと餓えで唇が引き攣る。食べ物を求めて胃液が逆流する。肌に触れる湯気が懐かしすぎて、五感が震える。口の中に唾液が満ちる。だが、コンテナの眠りから醒めたとき同様に、廻音の体は凍りつき、上体を起こす作業すら苦痛だ。

添えてもらったスプーンをうまく咥えられなくて、唇の端からスープが零れた。ロズが廻音の口元に顔を寄せ、柔らかい舌でそれを舐める。

驚いて顎を引くと、すみません…と苦笑まじりに謝罪された。

「食料は、ほんのわずかでも貴重ですから」

納得できる理由を口にして、ロズが再び廻音にスプーンを近づける。ロズの体温に誘発されたのか、食べ物の香りに神経を揺さぶられたか、たまらず廻音は訴えた。

「僕は汚いって、リョウキが……」

最後まで言えずに口を噤むと、ロズが黙って首を横に振り、「汚いのは私です」と、淋しげに目を細めた。

「あなたは……廻音さんは、とても綺麗ですよ」

慰めを口にしたロズが、廻音の髪に指を差しこむ。冷えきったナイロンの感触。だがグローブ越しではあっても、ロズの行為は思いのほか廻音の心に温もりを与えた。

ここまで運んでくれたのはリョウキだと、ロズは言った。でもそのリョウキは廻音を汚いと罵り、暇潰しに抱き、棄てた……。

棄てた。そう言えば廻音も棄ててしまった。アランの男根を切断し、吐き棄ててしまった。

アランは、どうなったのだろう。まだロッカールームで悶え苦しんでいるだろうか。それとも誰かに助けを求めて、手当てをしてもらったのだろうか。

きちんと処置すれば助かる傷だ。あのとき逃げてしまわなければ、廻音が治療してやれたのに。

「あの、アラン…は…？」

恐る恐る訊くと、ロズがスープを掻き回しながら言った。

「アランなら、死にました」

あっさり言われて、廻音はポカンと口を開けた。

「死んだ？」

「ええ。ショック性の心停止及び、出血多量ということにしておきました」

含みのある物言いに、廻音は愕然とした。ロズは廻音の罪を知っている！

「そんな……っ」

アランが死んだ。死んでしまった。廻音が負わせた傷で、アランは命を落としたのだ！

「でも、でも…ロズ、あれは命に関わる傷じゃなかった！」

混乱する廻音の肩に腕を回して抱き寄せ、慰めるように髪を撫でながら、ロズが穏やかな声で同情をくれる。

「それでも、アランは死んだのです。その死に、あなたは無関係だ。気にする必要はありません」

催眠術師のような声は、まるで命綱だった。廻音は息を詰め、ロズの慰めに耳を傾けた。

「人間は、性欲と食欲と睡眠欲のうちどれかが欠けると、精神のバランスを崩します。アランは、ただでさえ強欲な男です。とくに性的欲求が…。彼はあなたに酷いことをしたのでしょう？　ですから自業自得です。万が一助かったとしても、しょせん彼は、まともではいられません。残念ながら、性欲の代わりに食欲を満たしてやれるほど、ここには蓄えもありませんから」

人ひとり死んだ事実を、なぜロズは穏やかに語れるのだろう。それとも死体など見慣れていて、もう感傷すら湧かないのだろうか。

廻音だって死体は慣れている。だが、ロズほど冷静にはなれない。ましてやアランは、誰がなんと言おうと、自分がこの手で殺してしまったのだ。そう――――殺した。

「どうしよう、僕の…僕のせいだ！　僕がアランを……！」

ガタガタ震える廻音の手を両手で包み、「違いますよ」とロズがはっきり否定する。

「私がアランを発見したとき、すぐ止血してやれば、彼は助かったでしょう。ですから、手を差し伸べなかった私が、アランを殺したのです。あなたのせいではありません。殺したのは、私です」

その微笑みに、廻音はうすら寒いものを感じた。

ロズは優しい。きっと、ここに生存する誰よりも優しい。だが同時に、もしかすると最も恐るべき人物は、ロズではないのかとすら思う。

廻音は震撼した。表面には見えない冷酷さを、ロズはどこかに秘めている。

廻音が黙りこんでしまったのを見て、ロズが再びスープの器を持ちあげた。スプーンで液体を掬い、廻音の口元に近づける。

廻音は口を開いた。スープを勧められるより早く、勇気を振り絞って切りだした。

「ロズは、フェニックスの科学者？」

ロズの手が宙で止まった。エキゾチックな瞳に狼狽が過ぎったのを、廻音は見逃さなかった。だがロズは一瞬で動揺を消し、微笑でそれを認めた。

「そうですよ」

肯定された瞬間、廻音は覚った。真実を訊くのは、いましかないと。

ロズなら知っているはずだった。だがロズは、どこか危険だ。聞けば無事ではいられない気がする。だがこのままでは、生きている意味すら見失う。

廻音はロズの手首をつかんだ。ロズの手からスプーンが床に落ち、冷たい音が薄闇に反響する。

「食料を無駄にしてはなりませんよ、廻音さん」

「そんなこと、どうだっていい！　それよりロズ。施設の全員が死んだっていうのは嘘なんだね？　だってロザリオ・オルティースは、こうして生きているじゃないか！」

ロズはなにも答えない。答えられない。それでも廻音は追及した。

「ねぇロズ。ロズはいつからリョウキと……」

そこまで言って、廻音は言葉を呑みこんだ。微笑むロズの、闇を湛えた強い視線は魔物のように美しく、背筋が凍るほど恐ろしかった。

黙ってしまった廻音の代わりに、今度はロズが唇を開く。

「リョウキとの出会いは、四年前です。そのころ私は、仕事が終わるとショットバーで呑むのが常でした。あの夜……私が座るカウンターのうしろで、ビリヤードに興じているグループがいました。リョウキたちです。彼らは別グループと賭けをしていたようで、ゲームに負けた男たちが、一斉にリョウキたちに殴りかかりました。その際、割れた瓶でヤスヒコが腕に裂傷を負ったため、応急処置をして差しあげました。それからです。ショットバーでリョウキと待ち合わせるようになったのは」

スラスラと出会いを語られて、廻音は唇を噛みしめた。信じるべきか、疑うべきか。だがそれ以前に聞きたいことが、そして一番聞きたくないことが残っている。

「松宮真士を……知ってるよね？」

確信を口にしたはずなのに、やたら気弱に声が震えた。

ついに訊いてしまったことを後悔しながらも、廻音は激しい興奮を覚えていた。

真実を知りたいのに、知るのが怖い。だけどロズなら、きっとなにか知っている。次の瞬間にも、すべてが明らかになるかもしれない！

廻音はロズの両肩を掴んだ。堰を切ったように激情が溢れる。

「知っているなら、教えてほしいんだ」

ロズの顔から表情が消えた。構わず廻音は彼の肩を揺さぶった。

「真士はクライオニクスの医療班に属しているんだ。僕のコンテナを守ってくれていたはずの…僕にとって誰よりも大切な人で……生きていれば――ううん、いまも必ずどこかで生きていて、僕を待っているはずなんだ！　外見が…その、リョウキとそっくりで、だからリョウキを見たとき、彼を真士だと思いこんで……。でも、なにかが違う。絶対に真士のはずなのに、リョウキは絶対、真士じゃないんだ！」

廻音は泣いていた。ロズに頬を拭われて初めて、自分の涙に恥じ入った。両手の甲で乱暴に涙を拭ってから、廻音はロズに懇願した。

「お願いだ、ロズ！　教えて！　僕はロズからリョウキを奪おうなんて思ってない。いくらそっくりでも、僕は…僕は真士が好きだから。真士じゃなきゃダメだから！　だから、お願い。なんでもいい。知っていること、なんでもいいから、お願い、教えて…」

廻音は号泣した。黙って聞いていたロズが、廻音の背に手を回し、引き寄せる。そして、弱者を励ますように、優しく背を撫でてくれた。

廻音の嗚咽が静まったとき、ロズが長い息を吐いた。

「私も廻音さんに、聞きたいことがあります」

ロズの胸に顔を埋めているから、いま彼がどんな表情をしているのかは知らない。だが廻音の鼓膜を震わせるロズの声は不安定で、冷静さを欠いているように思えてならない。

「廻音さんは、彼が以前の彼でなくとも、それでも彼を愛せますか？」

廻音は迷いなく首を縦に振った。一刻も早く真実が知りたい。願いは、それだけだ。

ロズが廻音を抱きしめる。そのまま大きく息を吸いこみ……息を止め、言葉を吐いた。

「ドクター松宮を――知っています」

弾かれたように身を起こし、廻音はロズを凝視した。

ロズの目は濡れていた。その涙の意味は不明だが、思いやる余裕はまったくなかった。

廻音の全神経は、たったいまロズが口にした言葉のみに注がれていた。ロズは真士を知っていると断言した。その真実こそを待ち望んでいた。そして、その先を知りたかった。なんとしても、知らなくてはならない！

廻音はロズの肩を掴んで揺さぶった。

「知っているんだね？　真士を！　真士はどこにいるの？　どうしているの。教えて、ロズ！」

廻音の眼差しに負けたのか、とうとうロズが重い心の蓋を開いた。

「彼は……ドクター松宮は…」

その先に続く答えを求め、廻音は宙を彷徨うロズの視線を目で追いかけた。これから吐きだされる文言を一文字たりとも聞き逃すものかと、鼓膜に全神経を集中させた。

瞬きをやめ、呼吸も止めた。そんな音すら聴覚の妨げだ。ロズの言葉を待つ時間が、一時間にも二時間にも感じられた、そのとき。

「彼は生きています」

廻音の心臓が、ドクンと跳ねた。

「ドクター松宮は、生きていると――――言えます」

繰り返された言葉を、命綱のごとく大切に大切にたぐり寄せ、胸に抱き、噛みしめながら廻音は訊いた。

「真士は……リョウキなの？」

疑惑をそのままロズにぶつけた。真士が生きているのであれば、もう、そうとしか考えられない。

「やっぱりリョウキが真士なんだね？　ねぇ、ロズ！」

宙を彷徨っていたロズの視線が、廻音へと戻る。廻音はヒクリと息を詰めた。その目はあまりにも冷酷だった。例えるなら――――――氷のナイフのような。

冷たいグローブに包まれた指で、ロズが廻音の頬を撫でる。

「だからあなたは、蘇らないほうがよかったんだ」

「ロズ…？」

冷めた瞳にごく微量の怒り…もしくは苛立ちを過ぎらせて、ロズが言う。

「ドクター松宮は、亡くなってはいません。あなたがリョウキをドクター松宮だと思いこむのも、無理のないことでしょう。ただし、これだけは言っておきます。あなたが、なにをもって人を愛するのかは知りませんが、私には心がすべてです。真実を知ったあなたが、たとえリョウキをドクター松宮だと決めつけても、私にとっては、私のリョウキでしか有り得ません。言い換えれば…残念ですが、彼はあなたの真士ではない。彼はもう、私のリョウキです」

強い視線が廻音を突き刺す。なぜ……と廻音が声を震わせると、ふいにロズは後悔したかのように目を逸らし、すみません…と小声で謝罪だけを投げ捨て、急いで部屋を出ていった。

廻音はただ呆然と、ロズの去っていったドアを見つめるしかなかった。


「遅かったな」

扉を開けたとたん、リョウキの声に迎えられ、ロザリオは無言で顔をあげた。

防熱スーツ越しにもわかる、室内の温もり。このような非常事態でありながらも、リョウキの部屋だけはエア・コントロールが成されている。いつの時代もどんな場合も、権力者は最後まで優遇されるのだ。

ロザリオは背中で扉を閉めた。雄々しい上半身をベッドから起こしたリョウキが、「それで？」と質問を投げてくる。

「どうだ、アイツの様子は」

防熱スーツもアンダーウェアも脱ぎ、ロザリオは静かに微笑み返した。

「もう大丈夫だよ。凍傷も負っていない。……彼を助けてくれて、ありがとう」

ベッドに片膝を突いてリョウキの頬に手を添え、愛しい唇を数回啄む。ロザリオを探るように観察していたリョウキが、軽い不満を口にした。

「お前がアイツを連れ戻せというから、そうしてやったまでだ。それよりロズ。お前一体どういうつもりだ。まさか、同情してるのか？」

「してないよ。…するわけがない」

笑って否定し、そしてロザリオは、もう一度リョウキの唇に触れた。

突然腕を掴まれて、力まかせにベッドへ引き倒され、仰向けにして押さえられた。厚みのある上体をロザリオに被せ、リョウキが低い声で言う。

「ま、アレが死のうが生きようが、俺には関係ねーけどな」

クックックッと喉で笑ったリョウキが、ロザリオの脚を膝で割り開く。やがて訪れる悦びの予感に、ロザリオは自ら瞼を閉じた。

硬くなりかけているロザリオの膨らみを撫でながら、リョウキが命じる。

「脚を開け、ロズ」

言われるままに両脚を抱えて左右に広げると、襞を丹念に指でほぐされた。一方的に準備させられることに、いつも若干の羞恥と屈辱と、そして計り知れない欲望が渦巻き、体の奥が夥しく濡れる。

リョウキが頃合いを見計らって、強引に指を押しこんできた。

「く……！」

掻くように中で指を動かされ、精嚢の裏の腸壁を強く押されて、ロザリオはたまらず身を捩った。射精管がダイレクトに刺激され、早くも我慢が困難になる。

「おぅ……っ」

ロザリオは自分の雄に手を添えた。さらに腰を浮かせ、自らの意志で前後に揺らした。リョウキとこうしている間だけは、心の闇や絶望が消滅する。だからこそ、リョウキに抱かれる。いけないことだとわかっているのに。

指を一本挿しこまれたまま屹立を扱かれ、ロザリオは自分の指を噛みながら身を捩った。

「ふ……っ」

快楽の息が勝手に漏れる。リョウキの好色な笑い声が耳許で弾む。

「気持ちよさそうだな、先生。このいやらしい体の中がどうなっているのか、いつもみたいに解説してくれよ。なぁ、ロザリオ…」

言葉で嬲られて、体の芯に火が灯る。

ロザリオは何度も唇を舐めた。その舌をリョウキに啄まれ、ブルッと背筋に快感が走る。リョウキの呼吸に表皮を嬲られながら、息も絶え絶えに、要請に応じた。

「いま、リョウキが、押してる……そこ、精祖細胞《せいそ》、が、分裂…してる。精子が湧いて、暴れて……る……」

リョウキが指を二本に増やした。ロザリオは脚を抱えて大胆に開き、聞くに耐えない恥ずかしい声を放ち続けた。侵される感触に、予感に、身が震える。自分が自分でなくなっていく。体を嬲られている間だけは、恐怖さえも快感を増幅させる要因だ。まるで、この世でふたりきりの生存者のようで、思うだけで体が燃える。

指でロザリオを玩びながら、リョウキが続きを催促する。

「暴れた精子は、どうなるんだ？　ん？　先生。わかるように説明しろよ」

「しゃ、射精管に、い…一気に、なだれこんで――ぉおうっ！」

シーツに背中を擦りつけ、ロザリオは射精した。その衝撃は、言葉にできない。でも、尽きたわけではないのだ。リョウキが嬲り続けてくれるかぎり、ロザリオの精粗細胞は分裂を続けてくれる。

「おぅ、おぉぅ…っ」

満ちる、溢れる、迸る。腰が砕け、淫靡な世界に埋没する。そうすることで、この悪夢のような現実社会から逃げられる。もしくは、こうしている間だけは後悔に苛まれなくて済む。

だから止めたくない。行為の終わりを迎えるのが怖い。いっそのこと、息も心臓も止まるまで、リョウキに犯され続けたい。

「もっと乱暴に――犯して」

懇願すると、リョウキがもう片方の手を上半身に這わせてきた。腹筋を揉むように撫で回し、さらに、その上の位置で固く勃起した二粒の赤い実を、千切れそうなほど強く捻られ、ロザリオは果てしなく安堵した。

長い黒髪を振り乱し、狂ったように腰を振る。自分を貶める行為は、一度覚えたら中毒になる。

「おぅ、おぉぅ、Oh…！」

興奮で揺れる視界には、もうなにも映らない。あるのはただ、愛する男の気配だけだ。

リョウキが指を、三本に増やした。

「どうだ、ロザリオ。感じるか？」

「あっ、熱い、あつくて、あ、熱くて、もう、もうッ！」

「イけよ、先生」

リョウキが嗤う。ロザリオの体液が沸騰し、駆けあがる。

「イく、もう…イく！　おぅ、Oh――――！」

仰け反る体を、リョウキが支える。とっさにロザリオは、自分の体液を手で受けようとした。しかし覆った指の間から、自身の手に余る容量のそれが、ボタボタと周囲に飛び散ってしまった。

髪を乱し、前を汚した猥褻な姿を晒したまま、ロザリオは弛緩した。余波を貪って身を捩るロザリオを眺めながら、リョウキが面白そうに唇を曲げる。

「ますます淫乱になってきたな。ええ？　ロザリオ・オルティース。出会ったころの澄まし顔は、一体どこへ捨ててきた？」

淫乱という屈辱的な言葉で形容され、自覚している自身の変貌をも指摘されて、再び体が発火する。

リョウキが指を引き抜いた。しゃぶれと命じ、自身の性器を外気に晒す。漲る力に引き寄せられ、迷うことなく口に含むと、急激に精液が溜まるのがわかった。

四つん這いになって男のものをしゃぶるという性奴隷のような行為を、自分は心から楽しんでいる。髪を掴まれ、うしろを向けと命じられ、ロザリオの胸は悦びに弾んだ。来て…と腰を突きだし、リョウキを誘う。

襞をめくられ、たまらず悶えた。硬いものを押しつけられ、我慢できずに悲鳴をあげた。抵抗感など微塵もない。連日の行為ですっかり弛んでいるそこは、易々とリョウキを根元まで呑んだ。

「おぉっ、おぅっ、ぉ……おおぉ……！」

押しこまれる。入ってくる。満たされて、息が詰まる。結合部分に、茂みの感触。

全部を納めてくれたリョウキが、大きく回すようにしてから引いた。ロザリオは膝に力をこめ、連れていかれないよう必死で耐えた。

引いたぶんだけ、また戻される。緩慢に行き来するリョウキを堪能しながら、ロザリオは無心に自身を扱いた。押しこまれるたび、乳首が弾けそうになる。引かれるたび、粘膜ごと奪われそうになる。ままならないから、嬉しい。抗えないから、彼が愛しい。喉が裂けて声が潰れるほど、ロザリオは延々と悲鳴を放った。

毎日されても、まだ足りない。

できることなら、繋がったまま息絶えたい。


寝返りも打てないほど、ロザリオは憔悴していた。

「リョウキ…」

愛する男の厚い胸に顔を埋め、辛うじて唇を動かすと、なんだ…と眠そうな声が返ってきた。隣で安心して眠ってくれる男が、どうしようもなく可愛い。

そう、ロザリオにはリョウキが、可愛い存在なのだった。可愛くて可愛くて、だから彼がどんな人間であっても、すべて受け入れ、赦してしまう。

たとえ、世界中を敵に回しても。

「訊かれたよ、廻音さんに」

「……なにを」

一転して、リョウキの声が冷ややかになる。廻音の話題が、よほどお気に召さないらしい。

身じろぎし、ロザリオはリョウキの厚い胸板に鼻先を押しつけた。抱き寄せてくれる優しさに勇気を分けてもらいながら、ロザリオは目を閉じ、伝えた。

「リョウキは松宮真士なのかって、訊かれたよ」

リョウキの胸板がピクリと動いた。少し考えこんでから、低い声で探ってくる。

「お前はどう答えたんだ、ロズ」

ロザリオはリョウキを仰ぎ見た。貫かれた余韻が、下腹部でくすぶっている。リョウキはリョウキの意思で、ロザリオを抱いてくれているのだ。怖がる必要はないはずだった。

「ドクター松宮は生きている。だけどリョウキじゃないと説明したよ。どう思おうと勝手だけれど、リョウキは私のリョウキだ、と」

「死んだって言えばいいじゃねーか」

「彼に、嘘はつきたくない」

ふん、とリョウキが鼻を鳴らした。顎を掴まれ、顔を寄せられて、ロザリオは自分から唇を捧げた。キスしながら、煩わしそうにリョウキが言う。

「そういうのを、バカもしくはお人好しって言うんだ」

「……ごめん」

謝ると、困った顔でため息をつかれた。

リョウキのなにもかもが愛しかった。執拗な愛撫も、それとは真逆の素っ気なさも、どちらも愛しくてたまらない。この男を誰にも渡したくないと、触れられるたびに心が悲鳴をあげてしまう。

自分の行為は残酷で、卑劣で卑怯だとわかっている。だが、悪魔に魂を売ってでも失いたくなかったのだ、この男を。

黙ってリョウキの瞳を見つめると、同じ熱さで返してくれる。ただそれだけで、嬉し涙が頬を伝う。

「私はドクター松宮を尊敬している。フェニックス計画を成功させ、愛する人のために命をかけたドクターを、心の底から敬愛している。そして廻音さんも、リョウキがリョウキではないことに気づいている。……ただ、廻音さんは、私からリョウキを奪うつもりはないと言ってくれた。それでもドクターに会いたいと……。私は廻音さんに、ドクター松宮を返さなければいけない」

愛する男の頬を掌で包み、ロザリオは言った。その手首を掴み、リョウキが低い声で笑う。

「バカ言うんじゃねーよ」

「でも…」

「でも、じゃねーだろ。冷静なお前らしくねーな。なぜそんなに、カイネに拘る？」

「廻音さんに非は、ひとつもない。それなのに、私は彼に酷いことを…」

「うわべだけの良心は棄てろ、ロズ。お前がそんなに辛いなら、俺がカイネを殺してやる」

ロザリオは反射的に身を起こした。それだけは許さない。強い抵抗を両目に宿して睨みつけると、リョウキが困ったように眉を寄せ、チッと舌を打った。

「カイネは、お前が散々殺しまくってきたザコどもとは違うってか、先生よ」

「彼は人類の未来のために、自分の命を差しだしたんだ！　そんな人を殺すなんて、言うだけでも許せない！」

「いまとなっては、役にも立たない未来だけどな」

フンと鼻先であしらって、リョウキが仰向けになって目を閉じた。投げやりな態度に苛立ちを覚えたが、あえて否定はしなかった。リョウキの意見は、間違いではないのだから。

ロザリオは、あまりにも多くの人々を殺した。

でもそれは、すべてリョウキのためだった。

強くて、残忍で、暴力こそが世界を征服すると本気で信じている男。そんなリョウキに力ずくで犯され、奪われる悦びに目覚めたロザリオは、いつしかリョウキと愛し合う関係になっていた。

リョウキに必要とされるためなら、なんだってできた。これからも、できないことなど何もない。

クライオニクスの研究の素晴らしさに魅せられてここへきたのに、リョウキと出会ってからは、なにも手につかなくなってしまった。堕ちていくのがわかっても、止め方がわからなかった。

彼の野蛮さと暴力的な激しさは、善良で勤勉な家庭環境で育った自分には新鮮で、あまりにも魅力的すぎた。これまでの価値観を捨てて彼の胸に飛びこむまでに、そう時間はかからなかった。

だからロザリオは、廻音を哀れに思うのだ。廻音に申し訳ないと後悔するのだ。愛されたいと思う気持ちは、きっと同じだろうから。失う怖さも悲しみも知っているし、誰よりも理解し合える同志だとすら思うから。

だからこそ、ドクター松宮を全身全霊で愛する廻音を、どうしても、どうしても突き放せない。リョウキのために、すべてを棄てたはずなのに。そのリョウキのせいで、今度は愛を棄てきれずにいる。

ふとロザリオは、思いだして訊いてみた。

「廻音さんの体は、どうだった？」

リョウキがロザリオを横目で睨み、こともなげに言う。

「よかったぜ。まぁまぁだ。相性もいい。さすがにこっちのツボを心得てやがる」

廻音の感触を思いだしたのか、リョウキが歯列を舐めて淫猥に嗤った。からかうようにロザリオを覗きこんでくる。

「なぜそんなことを訊く？　お前、妬いてるのか？」

苦笑して、ロザリオは首を横に振った。

「そうじゃない。ただ廻音さんに、もう少しだけ優しくしてやってほしいんだ」

リョウキが一瞬目を丸くし、高らかに笑った。

「お前まさか、懺悔の代わりに俺をアイツに宛がおうってのか？　残念だが、俺はあんな純粋培養の人形よりも、したたかで残酷な美人の死神がタイプなんだよ。例えば……お前みたいな」

毛布の下で、リョウキがロザリオの肌を探り、双丘の隙間に指を滑らせ、襞口を押した。ロザリオは素直に脚を割り、リョウキの腿に股間を擦りつけた。リョウキの指が、ゆっくりと体に沈んでいく。

「ふ……」

恍惚の吐息を漏らすロザリオの顔を眺めながら、リョウキが囁く。

「なぁ、ロズ。俺はお前に惚れてるんだぜ？　わかってるのか？」

ロザリオは歓喜で身震いした。改めて「惚れている」と告白されて、これは宿命だと思い知る。

リョウキとは離れられない。もはや離れ方がわからない。

運命に身を任せよう。神が審判を下すまで、この男と繋がれていよう。

「私もだよ、リョウキ。私はリョウキを愛し抜く。この命、尽きるまで」

唇を覆われながら、貫かれた。

至福の波が、リョウキとロザリオを呑みこんだ。

日々の食事は水すらも、自由摂取が認められない。

食料分担を任されているのは、どうやらロズのようだった。誰かが食べ物を独り占めすることのないよう、その背後ではリョウキが鋭い目を光らせている。

食事の用意が整うと、決まってディーゴが各部屋へ知らせにやってくる。

「カイネ、めめめ、メシ！」

ディーゴがいつも最後に訪れるのは、廻音専用の処置室だ。ドアの隙間から醜い顔を覗かせて、ディーゴがヒャヒャヒャッと奇妙な声をたてた。

アルミの防熱服を着ていてもわかるほどガリガリに痩せ細った、猫背の小男。もしかするとディーゴはまだ十六、七歳だろうか。だとしても少々幼稚で、言葉も覚束《おぼつか》ない。ただ、その落ち窪んだ黒い目には、アランやヤスヒコに共通する飢えたハイエナの残忍さはない。彼らとは異なる気配を纏っている。

通路や食堂で、廻音はときおり視線を感じて振り向くのだが、そこにはいつもディーゴの目があった。監視でもなく、憎しみでもない。まして性欲の対象という雰囲気でもない。得体のしれないディーゴの視線が、廻音には負担であり、薄気味悪くも感じられた。

ただ、ディーゴは彼らの中で一番の下っぱだ。言葉で誘導すれば、案外たやすく内情を吐きだすかもしれない。秘密を探るなら、ディーゴを崩すのが手っ取り早い。不規則に体を揺らして歩くディーゴのあとを、毛布を引きずってついていきながら、廻音は今後の段取りを頭の中で組み立てていた。

三階にあった職員専用レストランは、すでに跡形もない。廻音はディーゴとともに非常階段を下り、地下五階のレントゲン室へと向かった。部屋のドアを開けたとたん、無意識に肺が大きく膨らむ。

食欲をそそる香りが、容赦なく鼻孔を刺激する。

いままでロズから均等に配給される食事は、冷めていることがほとんどで、味も粗末なものだった。施設内に非常食として蓄えてあった缶詰め類や特殊容器入りの穀物たち、そして水を、あと何日続くかわからない生活のことを想像しながら分け、火も通さずに細々と食い繋いでいるのだから文句は言えない。

質素を通り越し、逆に空腹を自覚するだけの、日に一度の食事だった。だが、口に入るものがあるだけでマシかもしれない。

食料が無くなるときが、命の尽きるときだった。そしてそれは、そう遠くないことも、全員がよく知っていた。切迫した状況ながら、暴動にならないのが不思議なくらいだ。

だが今日は完全に、いつもと様子が違っていた。

スープの器から、白い湯気がたっている。その上、肉を煮込んだような香りもする。

そんな中でいつもと同じ光景は、一番奥の診察台をテーブル代わりにしたリョウキの傍らに、ロズの姿があることだ。廻音は唇を噛み、顔を背けた。

彼はもう、私のリョウキです……たしかにロズは、そう言った。あの言葉は、リョウキと真士が同一人物であることを白状したようなものだった。

どうしてリョウキが真士なのか、それは廻音にはわからない。だが、核爆弾がどういう経緯でニューヨーク上に投下されてしまったのか不明なように、なにもかもわからないことだらけだ。ひとつひとつ理由を追及していたら、どれだけ時間があっても足りない。足りないどころか、残された時間はごく僅かだ。

その僅かな時間にできることは限られている。だったら、迷うことはない。なにを犠牲にしてでも真士の情報を掴まなければ。

ロズがその気なら、廻音だって引くつもりはない。必ず真士を奪い返す。いままで廻音に優しく接してくれたロズは、いまや廻音にとって敵でしかない。

思うに、真士はロズに、自分は「リョウキ」だと思いこまされているのではないだろうか。世界で最も優秀な科学者集団であるクライオニクス研究施設のメンバーなら、脳解析の分野にも携わっていた可能性はある。

だが、廻音が眠っている三十五年の間に、記憶操作の研究が進んでいたとしても、どうしても解けない謎がひとつだけある。

リョウキが真士だとした場合、なぜ若い姿のままなのか…ということだ。

まさか――――という疑念が脳裏を過ぎる。だが廻音は頭を振り、その仮説を否定した。勝手な憶測で無駄に時間を浪費するより、いまは一刻も早く真実に辿りつかなければ。

全員が顔を合わせる食事の席だけやりすごし、そのあとディーゴにうまく接近して、真士の手がかりに繋がるストーリーを聞きだそう。それがいい。

廻音はロズから食事のトレイを受け取ると、リョウキとは目を合わさず壁を背にして床に座った。ふと、前方から異様に強烈な視線を感じて、そろり…と顔をあげてみると。

ヤスヒコが、こちらを見ていた。

吊りあがった残忍そうな目を真っ赤に充血させて、廻音を射殺さんばかりに睨んでいたのだ。

いつもなら脇目も振らず、与えられた食事をガツガツと掻きこみ、下品な音を立てて汚らしく咀嚼し、物足りないのか器まで犬のように舐めるヤスヒコが、スープにまったく手をつけず、レントゲン台に両肘をつき、組んだ拳を口元に押しつけ、廻音に憎悪を突き刺している。

その隣では、いつになく神妙な面持ちで、ディーゴが久々のご馳走にピチャピチャと舌を鳴らしている。

ヤスヒコから恨まれる理由なら、覚えがある。アランの一件が許せないのだろう。自分の身を守るためとはいえ、廻音が彼らの仲間を殺したことに変わりはない。睨まれて当然だった。

釈明できない罪悪感を抱えたまま、廻音は黙ってスープを啜った。

ヤスヒコの目を見た瞬間に食欲は萎えてしまったが、無理にでも食べて、一日でも長く生きて、真士をとり戻さなければ。それに、もしかするとこうしている間にも、どこかの国はまだ充分に機能していて、黒い土の塊と化した地球を…そしてこのニューヨークを救おうとする動きが始まっているかもしれない。

そう考えて、廻音は苦笑いを漏らした。性懲りもなく淡い期待を抱いてしまうあたり、自分はやはり人間以外の何者でもない。醜いほど、命に対して貪欲だ。

思えば、廻音のようなヒューマン・モルモットが誕生した理由も、人間が我欲を抑えきれなかったせいだ。人間ほど浅ましい生物はいない。そして自分も間違いなくその同族だ。反吐《へど》が出るほどに同一種だ。

口に含んだ温かいスープを、味わいながら喉へ流しこむ。凍りついた体内を、温かい液体が降りてゆく。現金なもので、胃に食べ物が滑り落ちたとたんに、荒んだ感情は落ちつきを取り戻し、食欲が復活するのだから憐れなものだ、人間は。

胃が活動を開始する。廻音が流しこんだ肉片を溶かそうとして、胃液が湧く。

廻音は忙しなくスープを口に運んだ。脂の滴る柔らかな肉の塊をフォークで刺し、それを前歯で食い千切り、奥歯で潰して飲みこんだ。夢中だった。

肉など何日ぶりだろう。いや、何年ぶりだろう。神経が興奮し、体が喜んでいるのがわかる。器の底に残った最後の肉に囓りつこうとしたとき、憎々しげな声が飛んできた。

「ウマイか?」

廻音は目をあげた。訊いてきたのはヤスヒコだった。声同様、その目には苛立ちが宿っている。

恐怖を覚えた廻音は、黙って食器を床に戻した。

ゾッとするほどの殺気を孕んで、ヤスヒコが廻音に微笑みかける。そう――微笑みだ。目尻が赤く染まり、唇の端が小刻みに震え、血の気の失せた白い顔。それはまさしく狂人だった。

「答えろよ。ウマイかって訊いてるんだ」

器の肉片をフォークの先で玩びながら、ざらついた声でヤスヒコが言う。廻音は心臓をチクチクと突かれているような不安に苛まれ、慌てて頷いた。それを認めてヤスヒコが、さらに唇を歪めて嗤う。

「そうか、ウマイか」

ゆらりとヤスヒコが立ちあがった。その反動で、痩せた上体が大きく旋回する。

「なんの肉だと思う？　豚か？　牛か？　それとも羊か？」

「ヤスヒコ、座れ」

少し離れた向こう側で、リョウキが命じた。それを背中で受けながら、ヤスヒコが頬を痙攣させ、確実に廻音へと近づいてくる。

「ヤスヒコ！」

答えないヤスヒコに苛立ったのだろう、リョウキがイスを蹴って立ちあがった。

リョウキが止めるのも聞かず、ヤスヒコが壁際の廻音に詰めよる。そしてヤスヒコは奇妙な呻き声を発すると同時に、右腕を高々と振りあげた。

手の中で光っているのは、一本のフォーク！

「やめろ――――っ！」

叫んだのは、ロズ。

廻音の顔めがけて、鋭いフォークが振り降ろされた。


凄まじい悲鳴が、空間を裂いた。

廻音は仰向けに倒れていた。三十センチと離れていない床の上で、ヤスヒコが口から泡を噴き、のたうち回っている。

フォークが廻音を突き刺すより早く、リョウキの右足がヤスヒコの腹を蹴りあげたのだった。

廻音もロズも、そしてディーゴも、固唾を飲んで硬直していた。そんな中、リョウキがヤスヒコの背をまたぎ、いまだにフォークを握りしめている腕を掴むと、力任せに背後へ折り曲げた。

バキバキッと、骨が砕ける音がした。

「ヒィイーッ、イイイ、イーッ！」

絶叫を放ち、ヤスヒコが白目を剥く。

転げ回るヤスヒコの背を、リョウキが容赦なく蹴りつける。そうされるたびにヤスヒコが悶絶の声をあげ、口から血の塊を吐きだす。…ということは、内臓が破裂しているのは間違いない。

ヤスヒコは、リョウキの仲間のはずだ。その仲間に対する惨《むご》い仕打ちに、廻音は心底震えあがった。リョウキの残忍さに圧倒されて、微動だにもできない。

ヤスヒコが動けなくなったころ、ようやくリョウキが暴力を中断した…かのように見えた。リョウキはヤスヒコの右手から零れたフォークを拾ったかと思うと、それを空中でクルッと器用に回転させ、柄を逆手に持ち、ニヤリと笑ったのだ。

振り降ろされたそれは、ヤスヒコの左目に突き刺さった。

「ギャアァアァァッ！」

「リョウキーッ！」

廻音は反射的にリョウキに飛びつき、必死の懇願を口走っていた。

「やめて、やめてくれ、リョウキ！」

全身を痙攣させて顔面を押さえるヤスヒコの指の間から、銀色の柄が突きだし、同時に血が噴出している。失神寸前のヤスヒコと、顔面蒼白の廻音を交互に見て、リョウキが「なぜだ？」と不思議そうに廻音を見る。

ここは地獄だ――いまさら廻音は震撼した。

「なぜ止める。お前がああなるところだったんだぜ？」

弱々しい呻き声を漏らしているヤスヒコに向かって、リョウキが顎をしゃくる。罪悪感など微塵もないのだ。恐ろしく残忍で、あまりにも無邪気。リョウキは廻音の理解の範疇を超えている。

リョウキが喉で低い笑いを響かせて、青ざめる廻音の細い腰を抱き寄せ、言った。

「お前に死なれちゃ、残りわずかな人生のお楽しみが減るってこった。ま、めいっぱい食って、せいぜい生き長らえてくれ」

リョウキが廻音の尻を掴む。ヒッと縮みあがる廻音の股間を撫でさすりながら、耳許でいやらしく囁いた。

「あとで部屋へ来い。いいな？」

下卑た微笑みを押しつけて、リョウキが廻音を軽く押した。そしてリョウキは席に戻りざま、震えるディーゴに命令したのだ。

「いつもの場所へ始末しておけ」

ディーゴが慌てて数回頷き、スープの残りを急いで喉に掻きこんだ。まるで、思考を拒絶するかのように。

「始末……って、どういうこと……？」

廻音の問いに、誰も返事をくれなかった。

仰向けのヤスヒコの両脚を脇に抱えて引きずりながら、ディーゴが真っ暗な廊下をひとり進んでゆく。

廻音は物音を立てないように、こっそりあとをつけた。もう、毛布は必要ない。ロズが防寒服を与えてくれたから。ただ、元の持ち主は、いまディーゴに引きずられているヤスヒコなのだが。

『着てください。凍死したくなければ』……半ば脅すようにして、ロズから押しつけられてしまった。もちろん廻音だって、喉から手が出るほどそれが欲しかった。

だが、廻音がこの防寒服を着てしまったら、ヤスヒコはどうなるのだろう。疑問に感じて当然の戸惑いを覚えたが、「早く」とロズに急かされた瞬間、廻音の理性は欲望に負けた。

冷たい廊下を仰向けに引きずられていきながら、ヤスヒコが弱々しい呻き声を漏らしている。なにか言いたいことがあるのに、言葉にならない、そんな感じだ。

フォークを突き立てられた左目が、相当痛むに違いない。内臓破裂も心配だ。

ディーゴが途中で何度も足を止める。重いからというより、なにかを躊躇しているように見える。肩で大きく息をついたかと思うと、ふいに鼻を啜り、ついには泣き声を放ちながら階段を上り始めた。

ディーゴは階段の途中で足を止めると、黙って頭上を見あげ、ようやくヤスヒコの足を下ろした。

この上には、植物専用の培養室があったはずだ。

薬草の類ばかりだから、見た目にも珍奇で観賞には耐えがたいが、中にはとても綺麗な花を咲かせるフリティラリアや、世界最強の猛毒植物と言われるゲルセミウム・エレガンスも揃っている。

ここは廻音も、過去に幾度か訪れた。百年に一度だけ花をつけると言われるアガベが咲いたから……と、真士と一緒に観にきたのだ。

嬉々として花を眺める真士の横顔に、じつは、これはアロエの花でしたと暴露してやったら、とてもガックリした顔で肩を落としたあと、プーッと噴きだして、廻音のささやかなイタズラを笑い飛ばしてくれた真士。

――――真士。

真士の名を唇に灯すだけで、痛いほど胸が締めつけられる。喉を掻きむしりたくなるほど恋しくなる。早く会いたい。本物の真士に……廻音の真士に会いたい！

逸る気持ちを抑えながら、廻音は顔を上げた。この上……地上一階部分にあるはずの培養室は、廻音が覚えているかぎりでは、陽当たりのいい八角形の総ガラス張りの、植物園風建築物だったはずだ。毒草を扱っているため、一般人の立ち入りは固く禁じられている。ここのスタッフでさえ、新薬研究員もしくは施設長に特別に許可を受けた人物以外は立入禁止の危険地帯だ。だがきっと、いまは一枚残らずガラスが溶け、花も壁もなにもかも消滅してしまったのだろう。

ドアの残骸やテントシート、さまざまなものを寄せ集めて作られていた天蓋《てんがい》を、ディーゴがひとつずつ外してゆく。そのたびに、廻音の立つ地下階段まで、冷たい外気が滑るように降りてきて、容赦なく身に纏わりつく。

あまりの冷気に我慢できず、廻音はその場にしゃがみこんでしまったが、ディーゴが再びヤスヒコの脚を担ぎ、外に出てゆくのを見て、自分も勇気を奮い立たせた。

そして廻音は、外を見た。
天蓋の向こうには、真っ黒に焦げついた世界だけが存在しているはずだったのに。
廻音は、目を疑った。
そこには小さな、白い山があったのだ。

『骨くらいなら、残ってるぜ』
たしかリョウキは、真士の消息について、そう語った。
いま廻音の目の前に、それらがあった。
まちがいない。あれは骨だ。骨の山だ……！
そして、廻音は見てしまった。手前の黒い塊を。
そこには、全裸の男が横たわっていた。
極寒の大地でのこの状態は、すでに彼が絶命していることを克明に語っていた。
そして、その死体には両脚がなかった。太股から、スッパリと切断されていたのだ。
死体の状態を視線で確かめ、廻音はゴクリと息を呑んだ。
その死体には、男根がなかった。
「ま……さ、か……」
歯が、ふいにガチガチと鳴る。瞬時に全身が総毛立つ。

間違いない。その見覚えのある鷲鼻の、霜で白く象《ふちど》られた輪郭は、アランだった。

なぜアランが、こんなところに？　なぜアランは両脚がない？

アランは死んだと、ロズは言った。死んだことにしておいたと、ロズが、たしか、そう――。

廻音の思考は、そこで止まった。反射的に防寒ヘルメットを脱ぎ捨て、身を折っていた。

「ゲェ…エェッ！」

体を折り曲げ、廻音は激しく嘔吐した。

『豚か？　牛か？　それとも羊か？』――。

いまわかった。知ってしまった。さっき食べた肉の正体は、これだったのだ！

吐いても吐いても、嘔吐感は治まらなかった。久しぶりの固形物に喜んだ胃が、活発に消化を始めてしまっている。廻音の細胞に、血管に、アランの悔恨が侵食してゆく！

「グ…ッ、ウグゥッ！」

廻音は自分の口を指でこじ開けた。舌を突きだし、涙を滲ませ、すべてを吐きだそうと必死になった。

だがもう遅い。アランの細胞は、早くも廻音の肉体の一部と化している。以前に廻音がロズから与えられた、温かかったあのスープにも、アランの一部が入っていたのに違いない。

知っていたのだ。廻音以外は、みんな！

ロズも、ディーゴも、ヤスヒコも、そしてリョウキも！

廻音は知った。自分が冷凍状態から解放された本当の意味を、たったいま、唐突に理解してしまった。

彼らは、食料を補充しようとしていたのだ。廻音を食べるつもりだったのだ！

廻音以外の患者のコンテナが全部空だったのも、そう考えれば辻褄が合う。全員、リョウキたちの胃袋に入ったのだ！

そして今度はヤスヒコまでを、食料の蓄えとして凍らせ、保存しようとして――。

「あぁぁあ……ぁ……ぁ……っ」

信じられない。信じられない！　こんな罪を犯してまで、人は生きたいものだろうか。生きなくてはいけないのだろうか。これでもまだ、生きる価値があるのだろうか！

廻音は泣いた。

氷のように冷たい地面に突っ伏し、顔を歪めて号泣した。


「どうした、もっと腰を動かせ」

命令しているのは、リョウキ。命令されているのは……自分。

廻音は自分が置かれている状況を、まるで第三者の目つきで観察していた。

ベッドに仰向けになっているリョウキの上にまたがり、硬い杭の上に深々と腰を沈めている体。

そんな廻音を、リョウキが満足そうに眺めている。

そのリョウキの左腕の中には、全裸のロズ。リョウキはロズの琥珀色の体を抱き寄せて、さきほどからずっと熱い口づけを……いや、口づけなどという生易しいものではない。噛みつくような激しさで、美しい輪郭を描く唇と赤い舌を犯している。

廻音は自ら腰を揺さぶり、従順に奉仕しながら、他人事のように、それらを瞳に映している。

屈辱はある。憎悪も感じる。だけどそれより、ただ哀しい。なにもかもが、哀しい。

廻音が傷を負わせたことが原因で、アランを死に至らしめてしまったこと。傷ついたヤスヒコが、簡単に始末されてしまったこと。そして自分が、人肉を食らってまで、のうのうと生きていること。こんな狂った状況下で、いまだに正気を保っていること。性懲りもなく生き伸びようとしていること――。

もしかすると、それこそが狂気なのかも知れない。こんな極限状態にありながら、まだ生きようとすること自体が、狂っている証なのかもしれない。

このまま生きれば、もっと凄絶な目に遭うだろうに。さらに精神を崩壊させてしまうだろうに。なのにまだ、人類の生き残りたちはゲームをやめようとしない。

終わらせようとしないことこそが、狂人の証なのではないか……唇の端が切れてしまってもリョウキの接吻を浴びせられ続けているロズを眺めて、そんなふうに廻音は心を軋ませた。

精神に浴びせられる暴行に比べれば、セックスの強要など、棘が刺す程度の痛みでしかない。

「ロズ。少しは廻音も楽しませてやれ」

ふいにリョウキが言った。低い嗤いを響かせながら、ロズの唇を解放する。指示を受け、ロズが無言で身を返して四つんばいになり、乱れた髪も直さずに、濁った瞳を潤ませて、廻音の股間に顔を埋めてきた。

「……っ！」

反射的に廻音は反り返った。柔らかい舌が、廻音のペニスに巻きついてくる！

「あ……ぁ、あ…っ」

ロズの唇は優しかった。人肌が恋しくなるほどに、彼の行為は穏やかだった。

「このまま出していいですよ、廻音さん」

小さな声で、ロズが促す。言われて廻音はハッとした。気づけば自分は、ロズの口の中で反応を示している。

こんな状況でありながら、まだ性欲が残っているなんて。

浅ましい体に嫌悪は抱くが、射精感は高まるばかりだ。

「う…っ」

先端をそっと舐められた。淡い快感が背筋を駆ける。思わずリョウキを締めつけると、それでいいんだと満足そうに嗤われた。

悔しい、悔しい、悔しい────!!

「いい眺めだな。え？」

リョウキが腹を揺らして笑う。笑いたくもなるだろう。廻音を口に含んだまま這っているロズは、その尻をリョウキに晒しているのだから。その上、ロズにしゃぶられて頬を紅潮させている廻音の顔も、リョウキの視線の先にある。

ロズが身を強ばらせた。リョウキに襞を嬲られているのだ。ロズのうしろを指で広げ、中を覗きこんでは下品なセリフで辱め、指を潜らせて掻き回している。

リョウキに攻められるたび、ロズの口から廻音のペニスが外れる。それをまたロズが必死になって咥えようとするものだから、廻音にまで、ロズの戸惑いがダイレクトに伝わってくる。

ロズの前を掴んだリョウキが、荒っぽい仕草でそれを前後に扱き始めた。廻音よりも、ロズのほうが苦しそうだ。そして、気持ちよさそうだ。そんなロズを見ているだけで、廻音まで、うしろがじわりと濡れるような錯覚に陥る。

自然、腰が上下に動いてしまう。廻音を貫いている太い杭が奥深くまで突き刺さり、否応なく絶頂へと引っ張りあげられてしまう。

耐えられなくて、廻音はロズの頭を掴んだ。長い髪が十本の指に絡みつく。絡みついて離してくれない。まるでロズの舌みたいに。リョウキの太いペニスのように。

「あぁぁ…――っ‼」

腰を振り、廻音はロズの口の中で射精した。解放感に目が眩む。

ロズが顔を引く。廻音の体液を唇の端から滴らせ、荒い息をついていたが、ふいに苦しげに眉を寄せ、身をくねらせた。見ればロズの股間は、まだリョウキの手で弄ばれていた。うしろからロズの性器を乱暴に揉み、リョウキがさらなる指令を下す。

「カイネに、自分の味を教えてやれ」

まるで催眠術にでもかかったかのようなロズの腕が、廻音のほうへ伸びてきた。小刻みに震えるロズの指が、廻音の左右の乳首に触れる。優しく指で捏ねられて、たまらず廻音はロズの腕に縋りついた。漏れてしまった小さな悲鳴は、ロズの唇に受け止められた。柔らかなロズの唇とともに、廻音は自分の精液を初めて舐めた。味などわからない。なんとも思わない。感じるのは、体に埋もれたリョウキの存在と、口の中で泳ぐロズの舌だけ。

「…ふ…」

いつしか廻音は、ロズとのキスに夢中になっていた。温かくて、優しい。静かで切ない。知らないうちに腰が揺れる。

廻音のペニスをロズが扱く。ロズのものは、リョウキが玩んでいる。リョウキが中に指を埋めると、ロズが廻音に口づけたまま嬌声を漏らした。

腹部に、熱い飛沫を感じた。ロズが達したのだ。

「お……ぅ、おぅ…っ」

リョウキの上に、ロズが崩れる。嗤ったリョウキが廻音の中からペニスを抜く。抜けた衝撃に身を震わせている間に、リョウキはロズをベッドへ俯せに突き倒し、尻を抱えた。そしてチラリと廻音を横目で見て言うのだ。お前も並べ、と。

廻音は無意識に同じ姿勢をとっていた。抵抗する気はない。したところで、どうなるものでもないから。

「おおぉおお…っ！」

ロズの絶叫。挿入されたのだ、リョウキに。リョウキが乱暴に腰をぶつける。ロズが髪を振り乱し、悲しい精を撒き散らしながら嬌声を放つ。

みだらな喘ぎ声が、ふいに止まった。と思ったときには、リョウキに覆い被さられていた。悲鳴をあげるのは、今度は廻音の番だった。

ひとしきり廻音のうしろを抉ったリョウキは、すぐまたロズに埋もれてしまう。ロズを散々啼かせたら、また廻音に深々と埋もれにくる。達する直前であっさり抜かれ、疼きに胸を掻きむしったまま、また挿入されるのだ。何度もそれを繰り返されて、体がおかしくなりそうだった。

放置の時間が耐えられず、廻音は自分で扱こうとした。だがその手はリョウキの命令によって、ロズに封じられてしまった。廻音はロズと手をとりあったまま、交互に与えられる暴行を、ただ懸命に耐え続けた。

挿れられ、抜かれ、また押しこまれる。誰の悲鳴か、誰の体か、わけがわからなくなってくる。

廻音の背中にロズが被さる。もちろんこれもリョウキの指示だ。ロズの性器が廻音に刺さる。

リョウキのものよりずいぶん優しいその感触は、一時的であれ、廻音の心を慰めてくれた。だがすぐに津波はやってくる。廻音を刺したロズの後部に、リョウキが猛りを押しこんだからだ。

「んあぁっ！」

衝撃は、とてつもなかった。ロズを突く振動が、波動になって廻音を揺らす。捏ねられながら震動を送られ、予測のつかない動きに廻音は目を剥き、悶絶しながら勃起した。

自分の意志に反し、体液がどくどくと満ち、溢れる。破れたシーツに撒き散らしながら、廻音は懸命に許しを請うた。

「もう……ゆるし、て、許して……っ！」

絶望が、尽きない。

犯されることが辛いのか、この世に生きることから解放されたいのか。死への恐怖から逃れたいのか。自分はなにを許されたいのか。

ロズが廻音のペニスを握った。腫れてしまったそれを癒してくれるのは、細く美しい琥珀色の指。それなのにその手を、リョウキが上から掴んでしまう。ロズの拳ごと、廻音のペニスを荒々しく扱いてしまう。まるで引き抜くかのように。

廻音は泣いた。優しい男と残忍な男、正反対のふたりに同時に犯され、心が壊れそうだった。

いつしか廻音は、号泣していたらしい。

唐突にロズと分断され、リョウキに頬を殴られてから、自分が幼子のようになりふり構わず泣いていることに気がついたのだ。

「やめろと言うのが聞こえねぇのか！」

リョウキに怒声を浴びせられ、ようやく廻音は我に返った。絶叫しすぎて、喉が痛い。

「もういい！　出ていけ！」

言われたことをすぐには飲みこめず、ぼんやりとリョウキを見あげたら、苛立ったように舌打ちされたあげく、往復で横っ面を張り飛ばされた。

「リョウキ！」

悲鳴をあげたのはロズだ。彼はリョウキの腕にしがみついて、廻音を庇ってくれたのだ。だが廻音は自分の身すら支えきれず、床へ転落してしまった。冷たい床に散った黒いものは、鼻血。

「目障りだ、消えろ！　ふたりともだ！」

リョウキがドアを指す。ロズが無言でベッドから降り、衣服と防寒着を身につけ、黙したまま出ていった。

「お前もだ！　早く出ていけ！」

リョウキに怒鳴られながらも、廻音はピクリとも動かなかった。ただ、自分でも奇妙に思うほど寒々しい声音が、唇から漏れた。

「僕を殺して…」

見あげると、リョウキが目を瞠っていた。無言で廻音を見下ろしている。

意味が伝わらなかったのだろうか。廻音はもう一度、その言葉を口にした。

「死ねば、あんたの腹のタシになる。…僕を、殺して」

廻音の真意を探るかのようにリョウキが目を細め、やがてポツリと訊いてきた。

「死にたいのか？」

廻音は首を横に振った。死にたいわけではない。真士がここに、目の前に、生きて、しゃべって、抱いてくれるというのに。

だけどリョウキとして生存している真士が、自分ではなくロズを愛しているのなら、それでリョウキが…真士が満足しているのなら、果たして廻音が生きている意味はあるのだろうかと、そんなふうに思ったのだ。

こんな惨めな境遇に置かれて、他人の命を胃袋で消化して命を繋いで、こんな姿に成り下がってまで生き延びる価値が、いまの自分にあるのだろうか。廻音はそれが、本当にわからなくなってしまったのだ。

「死ぬ理由がないなら、生きろ」

リョウキの声が、暗い部屋の空気を震わせた。

廻音はリョウキを仰ぎ見た。リョウキの表情に怒りや苛立ちは窺えない。もしかしたら、同情してくれているのだろうか。

「死ぬ瞬間まで、生きる理由なんてわかりゃしねぇよ」

リョウキの声は静かだった。廻音が押し黙っていると、リョウキはチッと舌を打ち、ベッドの下へと腕を伸ばした。そして、強い力で廻音の顎を掴み、上向かせた。

廻音の瞳をまっすぐに射て、わからぬ子供に教える口調で言う。

「お前は生き返った。良くも悪くも、それがお前の運命だ。わざわざ死に急ぐ必要はない。どうせそのうち、みんな死ぬんだ。だから最期まで生きてみろ」

「最期まで…？」

そうだ、とリョウキが迷いなく頷く。

「それでもやっぱり死にたくなったら、そのときには俺が殺してやる」

腕を引かれ、再びベッドへ戻された。どうして…と言いかけた唇は、リョウキの唇に封じられた。

反射的に抗っても、簡単に押さえこまれてしまう。そしてリョウキは廻音の顔を片手で固定し、深く、長く、口づけてくれた。

「ん……」

歯肉を舐められ、廻音は無意識に、閉じていた歯を薄く開けていた。

存在感のあるリョウキの舌が、グイグイと侵入してくる。廻音の舌を舌で持ちあげ、廻音の舌裏を犯してくる。ぞくり…と首筋に痺れが走り、たまらず廻音は身を捩った。

唇と唇がぴったりと合わさり、舌が巻きつき、縺れあう。苦しくて、廻音は喘いだ。鼻腔に溜まった血が、鼻からの呼吸を阻止してしまうからだ。

廻音はリョウキの肩に爪を立て、苦しいと訴えた。やっと唇が解放された代わりに、今度は鼻を封じられた。血液を吸られる感覚は、どこかしら射精感に似ている。廻音は喘ぐようにして息を吸いこみ、恍惚の海に身を泳がせた。

見ればリョウキの唇は、廻音の血で真っ赤に染まっている。そしてその唇が、再び強く押しつけられる。

リョウキがくれた同情のキスは、錆びた鉄の味がした。でもそれは、初めて知る彼の優しさでもあった。

この男に殺されるまで、生きる。それもまた、いいかもしれない。

おそらくリョウキは、自分が真士であったことを覚えていないのだろう。年齢を重ねていない外見の理由は定かではないが、だがそれでも、どう考えても真士に違いない男が、その手で廻音を殺してくれるというのだから、これ以上の喜びはないようにも思う。

真士は、真上でなくなっても、廻音を最期まで見届けてくれるのだ。

真士の温もりを唇に移しながら、廻音は恐る恐るリョウキの首に両腕を回した。

かつて真士と交わした無数のキスを思いだしながら、いまだけは彼を真士と呼び、その唇に愛を注いだ。

カギのかかった鉄のドアを、廻音は二度ノックした。

しばらく待っても返事がない。廻音はなるべく穏やかな声を意識して、隙間から呼びかけた。

「ディーゴ、僕だよ。廻音だよ。開けて」

室内で、人の動く気配がする。解錠の音に続いてノブが回り、ドアが開く。現れたのは貧相に痩せた小柄な少年。昔ニュースで見たことのある「オオカミに育てられた少年」は、たしかこんな感じだった。

おどおどした目で、ディーゴが廻音を見あげてくる。彼を怖がらせるつもりはない。廻音は身を屈め、極力優しい声でディーゴに話しかけた。

「もしかして、眠ってた？」

廻音から視線を逸らし、ディーゴが無言で首を横に振る。

ディーゴはいつも落ちつきがない。落ち窪んだ目を廻音の後方に投げてみたり、足元に降ろしてみたり、両手の指を目的もなく動かしたり。だが口だけは、ひたすら寡黙に閉ざされている。

ヤスヒコを棄てたのはディーゴではない。アランを殺したのは廻音ではない。言い逃れかもしれないが、そう思いこむよう努力はしたい。すべてはリョウキがやらせたことだと。卑怯だとしても、ギリギリの瞬間まで生きる気力を保つには、そう考えるのがベストだった。

リョウキを思うと、複雑な思いに囚われる。さっきまで自分はリョウキに抱かれていた。リョウキの下で達してしまった。屈辱はなかった。言ってしまえば……嬉しかった。

リョウキが廻音に、同情してくれたから。廻音を哀れんでくれたから。

初めて彼に優しくされた。リョウキはとても温かかった。まるで真士のキスのようだった。真士の愛撫のようだった。真士そっくりの顔で、同じ姿で抱きしめてくれた。だから、あんなに感じてしまった…。

だが、リョウキに対して乱れたことは、真士への裏切りにも等しい。たとえリョウキが真士だとしてもだ。

廻音は目を閉じ、ともすると乱れてしまう気持ちを落ちつかせて、目的を果たすために再び笑みを作った。

「あのね、ディーゴ。少し話がしたいんだけど、いいかな？」

廻音の目をジッと見ていたディーゴだったが、悪意がないと理解したらしく、一歩下がって道を開けてくれた。礼を言い、廻音はディーゴのプライベート・スペースに足を踏み入れた。

ディーゴが自分専用にしている部屋は、どういう理由かは知らないが、設備管理室だった。コンクリート剥きだしの壁は塗装もされておらず、天井にはいくつものダクトが縦横無尽に走っている。

狭いスペースを見回すと、スチール製の机の上には、何冊ものファイルや丸めた図面が束ねてあった。パソコンなども置かれているが、すっかり埃を被っている。文明の利器ほど、こういうときには役にたたない。

そして廻音の目は、一冊のスケッチブックの上で止まった。

なにげなく手を伸ばすと、それまで頑なに沈黙を守っていたディーゴが横から飛びつき、素早く奪った。その拍子に、スケッチブックに挟まれていた数枚の紙が床に落ちた。

「あっ！」

驚きの声をあげたディーゴより早く、廻音はそれを一枚拾った。

「へぇ…」

思わず廻音は目を丸くした。「返せ！」とディーゴが憤慨している。廻音は笑みを零してしまった。

「これ、ディーゴが描いたの？」

訊くと、ディーゴが壁に背中をへばりつかせて固まった。耳まで真っ赤になっている。

「とても綺麗だ。ディーゴは絵が得意なんだね」

手放しで褒めると、ディーゴがさらに赤くなった。この反応は憤慨じゃない。照れているのだ。

なぜディーゴが設備管理室を陣どっているのか、なんとなく読めてしまった。ここにはダクトの色分けや錆止めに使う塗料や刷毛《はけ》が積まれているし、図面の束だってこんなにある。ここなら、絵は描き放題だ。

「そっちも見ていい？」

廻音はディーゴが背中に隠したスケッチブックを指して言った。ディーゴは困ったような顔で廻音を見あげていたが、緊張しているのか、震えながらも、それを廻音に渡してくれた。ありがとうと礼を言い、廻音はスケッチブックを開いた。

画面は、銀一色に輝いていた。

裸体の少年が微笑を湛え、天に向かって両手を広げている絵だった。

風にそよぎ、空気を纏い、生の喜びに充ち溢れた微笑。全身から銀の光を放つその少年は、神々しさに満ち溢れていた。

胸に熱いものを抱きながら、廻音は一枚一枚ページを繰った。どのページにも同じ少年が描かれている。そして少年の背中には、大きな銀の翼が生えていた。

「この少年は、天使なの?」

廻音は訊いた。躊躇いつつも、ディーゴが反対側から絵を覗きこむ。

「ふっ…、不死鳥。だ、だから…」

言葉をつかえさせながら、ディーゴが説明してくれる。

「不死鳥って、フェニックス計画のこと?」

廻音の質問に、ディーゴが首を傾げる。うまく繋がらない会話の中、ディーゴが廻音を指して言った。

「カイネ、し…死なない。カイネ、生きてた。だから、カイネ、ふ……、不死鳥、だ」

断言され、廻音は面食らってしまった。感動したというべきか。

不死鳥——フェニックス。自分はフェニックス計画の被験者として眠り、蘇生した。それを不死と理解するなら、ディーゴの言うとおり、廻音は不死鳥かもしれない。

廻音を怒らせてしまったとでも思ったのだろうか。ふいにディーゴが表情を曇らせた。廻音は慌ててディーゴの顔を覗きこんだ。

「あの、ディーゴ。えーと…その、すごく、すごく嬉しいよ。だって、こんなに…」

画面に羽を広げる銀色の翼の不死鳥。まさか廻音がモデルだったとは。気恥ずかしいが、光栄だ。

廻音は苦笑した。そして思いだした。

廻音が蘇った日——アランとヤスヒコに凌辱された、あの忌まわしい記憶。ディーゴはうしろで見物していたものの、決して廻音に触れなかった。

もしかするとディーゴは、銀のコンテナから蘇った廻音を、最初からこんなふうに見てくれていたのかもしれない。男たちに犯される惨めな姿を知っているはずなのに、ここまで崇高に描いてもらえて……却って勇気をもらった気分だ。

いつも陰から観察されていた理由は、これだったのだろう。監視ではなく、絵のモデルとして見てくれていたのだ。そういうことなら素直に嬉しい。

だが廻音は、それ以上に感動したことがあった。廻音自身、自分が蘇ったことの意味がわからず、ずっと模索を繰り返していた。なのにディーゴはそんな廻音の中に、生命の強さと美しさを発見してくれていたのだ。

命はこれほどに美しく、強い光を放っているものだと、ディーゴの絵によって再認識した。

なにもかも知りながら、あのスープを飲んだディーゴ。彼は命の輝きを知っているからこそ、飲み干すことを選択したのだ。

最期の瞬間まで、生きる努力を続けるために。

「ありがとう、ディーゴ」

礼を言うと、ディーゴはやはり真っ赤になって、そわそわと俯いてしまった。

ディーゴから、ようやく固さが抜け落ちる。ディーゴがイスに座るのを見届け、廻音はデスクに腰掛けて、訪問の用件を口にした。

「ねえディーゴ。ディーゴは昔からリョウキと知り合いなの？」

やけに素直に頷かれて、気が抜けた。先ほどの一件で、警戒心が解けたらしい。

「どのくらい前から？」

生まれたとき、とディーゴが言った。ハーレムの仲間だ、と。ハーレムと聞いて、真士イコール、リョウキ説に、いきなり暗雲が垂れこめる。

「でもリョウキとディーゴって、ずいぶん年は違うよね？」

ディーゴはいくつ？　と訊くと、しばらく考えて「十六」と答えた。リョウキは？　と鼓動を逸らせて訊ねると、「七つ上」と、なんの戸惑いもなく返されて、逆にショックを受けてしまった。

ディーゴの言葉を信じるなら、リョウキは二十三歳ということになる。外見は三十歳くらいに見えるが……その疑問は、あとで自力で探るしかない。

「じゃあ、ロズのこと訊いていい？　ロズもハーレムの仲間なの？」

引っかけるつもりで、わざと訊いた。だがディーゴは、以前にロズから訊いたのとまったく同じ説明をくれただけだった。

「ロズ…は、医者だ。オレたち、ビリヤード…してて、相手、怒って、ケンカに……なった。ヤスヒコ、怪我した。血が、バーッて、出て。そこに、ロズ来た。すぐ、血、止めてくれた。痛いの止まる薬…も、くれたから、ロズは医者だ。ロズとリョウキ、すぐ仲良く、なった。恋人だって、言ってた」

聞けば聞くほど、廻音の期待とは逆方向に話が流れる。だが、ディーゴが作り話をしているとは思えない。

「リョ、リョウキ、いつもロズに、会ってた。クライオニ…クス、研究施設。ここへ、遊びに来て、毒草…みつけたって」

「毒草？　じゃあ、温室の中に入ったってこと？」

毒草のみならず、麻薬種も栽培している温室は、一般者は立ち入り禁止だ。それなのにロズは施設の関係者でありながら、そんな違反を犯していたのか。

「ロズとリョウキ、麻薬、毒薬、作ってた。オレたち、マフィアに売って、か、金、もらってた」

思わず廻音は目を剥いた。まさか研究施設が、そんなふうに悪用されていたとは。激しい怒りを覚えたが、いまさらどうなることでもないし、どうすることもできない。すべては核の下に消滅してしまった。

「……ねぇディーゴ。核が落ちたときのことを教えてくれない？」

核と聞いて、ディーゴは瞬時に表情を強ばらせたが、ね？　と廻音が促すと、しぶしぶ口を開いてくれた。

「凄く……怖かった。オレたち、ちょうど、こっ…ここに、いた。ロズが、新しいドラッグ、完成した…って。リョウキと、アランと、ヤスヒコと、オレ、みんなで来た。…ロズ、地下の研究室って…いうから、オレたち、地下、行った」

ディーゴが床を指さして、一旦その口を閉ざした。思いだすのは、辛いだろう。迷いも生じるだろう。だが、それでもディーゴは義務のように教えてくれた。訊かれたことには答えなければならないとでも思いこんでいるようだった。

目を閉じたり開けたりしながら、ディーゴが再び口を開く。

「エレベーター、ダメ。使えない。みつかるから。オレたち、階段、降りた。そ…そしたら、ズッ、ドォォォーン！　…って、スゲェ音した。耳、聞こえなくなった。あ――――熱くなった。すごく、急に、熱くなった。空気、全部、消えたと思った。グラグラ揺れて、た、立てなかった。地球、割れた…って、思った」

廻音はゴクリと唾を呑んだ。喉が痛むほど渇いていることに気がついても、廻音は全神経をディーゴに注いだ。

「…だいぶ経って、地震、音、なくなって、上、行こうって、みんな言った。でも、ロズ、怒った。だん……断熱服、着ろって。着なきゃ死ぬって。地下には、着るものいっぱいあった。それ着て、上…出て、驚いた。…太陽、地球に落ちたと思った。目…灼けそうだった。眩しかった。断熱服、着てる…のに、痛くて、熱くて…顔とか、腕とか、チリチリ、焼ける…みたいだった。上にいた人…みんな、焼けた」

廻音は両手で口を押さえた。拙いディーゴの言葉の断片からでもわかる、そのときの、その瞬間の、地獄の光景が次々と脳裏に飛来する。

「建物、消えた。残ったの、ここだけ。外にいた人、顔とか、手とか、真っ黒だった。焦げた、炭みたいだった。破れたカーテン……着てるみたいな、溶けた人たち…、うようよ、いた。恐ろしい声…で、ウーッウーッて。イタイって、助けてくれって、誰か…つかむと、つかんだ人も、つかまれた人も、つかんだとこから、ズルッ…て、肉が落ちた。ボタッて落ちて、床で、ジュッて……灼けた。ロズが地下に、呼んで…くれて、なかったら、オレたちも、そ……そうなってた」

震える奥歯を食い縛り、廻音は聞いた。怯えている場合ではない。訊かなくてはならなかった。

「教えて……ディーゴ。この施設にいた人たちは……？」

ディーゴが悲しげに廻音を見あげる。それは、許しを乞う目だった。だから廻音には、答えの予測がついてしまった。

「たくさん…いた。いたけど、みんな、怒りだして、ケ、ケンカになって…、みんな狂って、おかしくなって…オレも、殺されそうになって…！」

嗚咽が迸った。ディーゴが目を剥き、唾を飛ばし、壮絶な記憶を激情もろとも一気に吐きだす。

「食べるもの、奪いあっ…た。殴って、盗んだ。みんな、そうした。人が死ねば、食いぶち減るって、誰か言って、そしたら、めちゃくちゃになった。みんな隠れた。人を見たら、すぐ殺した。殴って殴って……叫んで、殺した。だって、じっ…自分が殺される！　オレも、何人も、何人も、何人も――――殺したッ！」

ディーゴがボロボロと涙を零した。ディーゴは生きながら、地獄に突き落とされたのだ。

ディーゴだけではない。アランもヤスヒコも、ロズもリョウキも――――誰も彼も。

「ディーゴ…」

これ以上ディーゴに語らせるのは忍びなかった。だが廻音は、それでも訊いた。いま訊いておかなければ、もうチャンスはない、そんな気がする。明日には自分が食料になって、死ぬかもしれない運命なのだ。

「ディーゴ…ごめん。辛くても教えてほしいんだ。ロズがね、他にも生きてるって。松宮真士って人が生きてるって言ったんだ。この人ね、僕のすごく大切な人なんだ。じつはリョウキにそっくりで……どうしても僕には、リョウキが真士だとしか思えないんだ。だから真士は、もしかしたら…」

そう、もしかしたら。

「僕と同じように何年も、銀のコンテナの中で眠っていたかもしれないんだ！」

廻音はついに、その仮説を声にした。

それを自分で言ってしまうのは、辛くて苦しくて、声は悲鳴になって弾けた。

「真士は僕と同じように、人体実験の被験者だったかもしれないんだ！」

刹那、涙が溢れた。だが廻音は涙を拭うこともせず、ディーゴの手を掴んだ。ディーゴが身を強ばらせる。だが廻音は、決してその手を離さなかった。

「逃げないで、ディーゴ。僕の話を聞いて。お願い」

ただの推測だ。確証があるわけではない。だが、リョウキの僧坊筋の痣を見た瞬間から、ずっと疑い続けてきたことだった。

そしてロズは、こう言った。松宮真士は生きている、と。

いま、この最悪の状況下、本当に真士が生きているなら、考えられる可能性は、ただひとつ。

真士も時間を超えたのだ。廻音のように。

「カイネと、同じ…？」

「そう、僕と同じだ」

「カイネと、同じ、不死鳥…？」

「そうだよ。真士も不死鳥だ。真士はリョウキとして蘇ったんだ！」

たぶん真士は廻音が眠って間もなく、実験成功の確信を得たのだ。だから真士は、あえて自分の体を被験体として提供したのに違いない。廻音が蘇ったとき、変わらぬ姿で廻音を迎えるために。未来の世界で、廻音をひとりにしないために。

そして真士は、蘇生した。

だがそこに、ロズがいたのだ。

もちろんそれは推測の域を超えないが、たぶん真士は薬物かなにかで記憶を抹消されたのだ。真士だけでなく、ディーゴも、ヤスヒコもアランも、みんなロズに神経を操作されて、架空の記憶を植えつけられているのだとしたら？

それに現在、食料を管理しているのはロズだ。記憶中枢に働きかけるような薬物を、継続して食事に混入するのに、これほど都合のいい役どころはない。考えれば考えるほど、ロズへの疑惑は募るばかりだ。

「ねぇディーゴ。ディーゴは本当に、昔からリョウキと過ごしていたの？　それは確かな記憶なの？」

ディーゴが無言で横に首を振る。なぜそんな質問をするのかわからないといった顔つきだ。それでも廻音は訴えた。

「ねぇディーゴ、僕にとって生きる意味は、真士だ。真士がすべてなんだ。真士なら絶対に僕を死なせないってわかっていたから、安心して僕は眠った。真士が絶対に、フェニックス計画を成功させるはずだって、信じてたから。…僕がディーゴくらいの歳にはね、いつ死んでもいいって思ってた。どうせ実験で死ぬんだからって…命なんてそうやって、簡単にリセットするものだって思っていたんだ」

『氷は溶けると春になる』——ケヴィンのジョークに、真顔でそう答えたのは真士だった。

眠りから覚めると、暖かい春が訪れる。廻音にも、きっと春が訪れる…。あのとき廻音は、生きるために眠る希望を、真士から授けられたのだ。命は輪廻すると、真士が教えてくれたのだ。

それまでも、施設のスタッフは誰もみな優しかったけれど、廻音がゆくゆくは被験者になることを人づてに聞くと、急に哀れんだり同情したり、よそよそしい態度になったりしたものだ。廻音はそれがイヤだった。そんな廻音の心中を察してか、周囲も日に日に、この話題を避けるようになっていった。

物心ついたときから、廻音は自分の運命を知っていた。どうせ自分は、あとわずかでこの世からいなくなる。人体の蘇生なんて絶対に不可能だ。頭からそう思っていた。

万が一にも奇跡が起きて、幸運にも将来蘇ったとしても、待っているのは絶望だけ。なぜなら、そのとき自分を迎えてくれるのは、知らない人間が住んでいる、知らない世界でしかないのだから。

そしておそらく自分の肉体は、研究と実験の名のもとに切り刻まれ、手足も臓器もバラバラにされ、蘇生第一号の記念として、透明ビーカーの中に永久保管されるのだ……と。

施設のスタッフたちが、誰それと失恋したとかケンカしたとか、恋をしたとかキスしたとか、そんな話題を耳にするたび、廻音は不思議でたまらなかった。なぜその程度のことで一喜一憂するのか。その理由すら、わからなかった。

愛など不毛。廻音はずっと、そう思っていた。

どうせ二十歳のバースデーで自分の一生は終わりだからと、廻音は先の人生を見ようともしなかった。

だから廻音は、泣いたことがなかった。泣く理由がなかったのだ。

だが、真士を知って、廻音は涙を知った。悲しみを知った。自分の弱さを知った。

真士と離れたくなかった。自分の運命を呪った。命が惜しいと本気で思った。そして廻音は、被験者であることに恐怖する自分を知って、初めて…。

初めて、自分もひとつの命であることを自覚したのだ。

真士が命の重みをくれた。真士が廻音に、生きる喜びと理由と意味を与えてくれた。

知ってしまった弱さや悲しみは、夜ごと真士に抱かれ、いつしか強さへ形を変えた。真士の愛に包まれて眠るなら、怖くないと思えるほどに愛の力を信じられた。愛する人に守られて眠れる幸せに、廻音は心の底から嬉し涙を流した。

廻音の心は、いつも真士に向かっていた。真士の目は、いつもまっすぐに未来へと注がれていたから。

真士は、知っているから。必ず春が来ることを。

真士は奇跡を確信していた。だから廻音も、奇跡を信じた。

「ねぇディーゴ。僕は、もう死なない。生きるって誓ったんだ、自分に。大好きな真士が、僕を蘇らせてくれたんだから！　氷が溶けたら、必ず春がやってくる。命は輪廻するって、真士が教えてくれたから！」

廻音はディーゴを揺さぶった。驚いたディーゴが飛び退《すさ》り、背後のスチールボックスに背中をぶつけた。

開閉式のスチールボックスが、音もなく手前に開いた。

スチールボックスの内側に整然と並んでいたのは、スイッチだった。チカチカと光るそれが、廻音の意識を釘づけにする。

ディーゴのうしろにある小さな点滅を、廻音は訝しみつつ凝視した。よく見るとそれは、施設内の電力を配分するブレーカーだった。

びっしりと豆球が埋まっているにも拘わらず、点滅は三ケ所のみ。よくよく目を凝らせば、スイッチの下の目盛も作動している。現在、施設内のどこかで電気が使われている証拠だった。

だがメインの電力は、もう通っていないはず。ということは、施設内の電気系統に接続されている緊急発電装置からの供給分だろうか。万が一、施術中に停電しても、自動的に予備の発電機が作動するという、主な病院や重要施設なら、どこでも取り入れているシステムだ。

当然このクライオニクス研究施設にも、かなりの容量を備蓄できる独立型の自家発電装置が備わっている。だが核投下直後から作動していたとすれば、とっくに稼働を停止していてもおかしくない状況ではある。

そして、どうやらこの稼動中のメーターは、使用量を表しているのではなく、電力の残量を示しているらしい。

それによると、残っている電力は、ごく微量。エネルギーは、まもなく尽きる。

それでも電流を「送り続けなければならない」場所が、三ケ所あるということか。ふたつは……もちろん知っている。リョウキの部屋と、食堂だ。

だが、あと一ヶ所は、どこだ……？

「カイネ…」

掠れた弱々しい声がした。スチールボックスからディーゴへと視線を移すと、その幼い顔は真っ青だった。目尻をピクピクと震わせて、ディーゴが何度も唇を舐める。

「あ…会いたい、か？　シンジに」

「…………え？」

「シンジがいて、カイネは生きてる。だったら、シンジもきっと…カイネに会いたい。不死鳥、死なない。不死鳥、いなくなったら、ち…地球から、みんな、消える。地球が、死ぬ。それは……だめ。よくない」

地球を死なせてはならない。ディーゴは、そう言いたいのだろうか。

「カイネの、シ、シンジに、会おう」

「ディーゴ…？」

「電気、き、消える…と、シンジ、死ぬ。早く、い、行こう、カイネ！」

ディーゴがドアへ向かう。ぐいぐいと、廻音を引っぱる。

「真士に会えるの？　ねぇ、ディーゴ。行くって、どこへ？」

「ロ…――ロズの研究室だ！」

地下二十九階へ降りる階段は暗く、長く、息が凍りつくほどに寒い。

エレベーターを使ってなら、昔、何度も地下に降りたことがある。そのころはもちろん空調システムが完備しており、寒さや暖かさについてなど、感じたことも考えたこともなかった。地下がこんなに深いことも、廻音はいま、初めて知った。

闇の中を壁伝いに手探りで、それも一歩一歩段差を足で探りながらの道のりは、無限に続くかと思われるほど遠かった。一刻も早く真士に会いたい。だが本当に、この先に真士がいるのか。こんな場所で、人が生息しているのか。不安と焦燥が募るばかりだ。

歩いても歩いても、寒さはますます容赦ない。疲れた足を一旦止めて、廻音は自分の体をさすった。ディーゴは闇と寒さに慣れているのか、廻音の二段先を、黙々と進んでゆく。こんな場所で置いていかれたら、真士に会えなくなるどころか、二度と地上に戻れない気がする。

「まっ……」

待ってディーゴ……と言いかけた廻音を振り向き、シッとディーゴが鋭く制する。素早く廻音の横に並び、断熱グローブに覆われた指で手首を強く掴んできた。

ロズに見つかったら、殺される――耳打ちされ、心臓がとたんに凍りつく。

リョウキではなく、ディーゴはロズに怯えている。あの妖しい美貌を持つ青年に。

最も恐れるべきはリョウキではなく、ロズなのだと教えられ、予測していたこととはいえ、震えが止まらない。

「……っ」

廻音は何度も頭を振った。もうすぐ真実に辿りつける。弱気など邪魔だ。

真士に会える。やっと会える。果てしない階段の先に行きさえすれば、確実に真士に会えるのだから！

「ついた、カイネ」

闇の中、ディーゴが廻音の手を握った。廻音も強く握り返した。地下二十九階の廊下が、さらに真っ黒な深淵となって、ふたりの前に出現する。

誰もいないことを確認したディーゴが、ようやくハンディ・ライトを点ける。最初にディーゴが示したのは、部屋の扉の斜め下……人ひとりが腹這いになって通れる程度の、狭い換気口だった。

「ドア、開けられる…の、ロズだけ。だから、ここから…入る」

設備室から持ってきたのだろうドライバーを使って、ディーゴが器用に換気口の鉄柵を取り外す。そして廻音に向かって顎をしゃくり、「先に行け」と無言で促した。

ここを通るには、断熱服が邪魔になる。廻音は覆いを脱ぎ、パーカーとスウェットパンツだけになった。

息が白い。身が凍る。でも真士に会いたい気持ちがドクドク疼いて、体内で熱く発火している。寒さなど、意志の力で忘れてしまえ――――。

廻音は冷たい通路に両手と膝をつき、四角い暗闇に頭を入れた。掌と膝を交互に動かし、無心になって前に進む。不安と戦いながら、廻音は必死で手足を運んだ。うしろからディーゴがハンディ・ライトで進路を照らしてくれながら、「もうすぐだ」と励ましてくれる。廻音はひとつ大きく頷き、ただ黙々と突き進んだ。

突き当たりが四角く光っている。鉄格子だ。押せば外れるとディーゴが言った。鉄柵を掴み、力いっぱい前に押した。

光の束が、廻音の視界を占領した。

矢になって降りかかる――――光。

鉄柵を床に置き、廻音は静かに立ちあがった。そこはもう、部屋の中だった。

「あ…」

部屋いっぱいに、夕暮れのような優しい光が満ちていた。廻音の髪が、頬が、瞳が…体全体が、煌々と輝くオレンジ色の光に包まれる。

「ここが、ロズの研究室？」

光源は、部屋の中央に置かれた大きな透明ガラスの筒――巨大なシリンダーだった。廻音はその眩しいくらいに発光するシリンダーに、無意識に吸い寄せられていた。

太さは、両手でひと抱えできるほど。高さは、廻音の背丈より頭ひとつ分上をいく程度。

シリンダーの中は、透明なオレンジ色の液体が満ちていた。これは、おそらく培養液。シリンダー容器の下半分は、銀のアルミニウムで覆われている。

そのアルミニウムから上に向かって、束になって捩れた無数の管が、まるで筋肉のように生えている。

……そして。

その管に支えられて、その物体は浮いていた。

廻音の両手に余るほどの大きさ。柔らかそうなそれに、廻音は一目で魅入られた。

そこから、目を離すことができなかった。

ジジジ、ジジジ…と、かすかに電流の音がする。クプクプクプ…と細かい気泡が、管を伝って上昇してゆく。いびつな楕円形をした物体の表面を、気泡が優しく撫でてゆく。

それをぼんやりと見つめながら、廻音は思った。廻音もこうしてコンテナの中で、永い時間を静かに眠っていたのだろうか……と。

熱さも寒さも感じることなく、悪夢にうなされることもなく、笑いもせず、涙も流さず、こうして廻音も、春の訪れを楽しみにして、真士との再会を夢見て、沈黙の中に漂っていたのだろうか。

過去には真士もこんな思いで、廻音を見つめていたのだろうか。

「真士…」

無数の管が崇めるように持ちあげている物体に、廻音はそっと呼びかけた。

「やっと会えたね、真士」

呟いたとたん、涙が溢れた。


オレンジ色の培養液に包まれて、真士のbrain──脳は、フワフワと漂っていた。

エネルギー源となる血流を受けているのだろう、真士の大脳底面から生えた四本の人工血管が、緩いカーブを描きながらシリンダーの底にあるステンレス・ボックスへと伸びている。

廻音はシリンダーに両掌を押しつけた。……温かい。ここには命が生息している。

震える腕を左右に広げ、シリンダーを抱きしめてみた。頬を擦り寄せ、目を閉じてみる。なぜだろう。やっと真士に会えたというのに、ただポロポロと涙が零れる。

ふたりが抱きしめ合っているから？　真士が再会を喜んでいるから？　そんなはずがなくても、そう思いこませてほしい。

真士の脳の表面温度が、わずかに上昇したような気がした。この再会を、真士も喜んでくれているはずだ。それとも廻音同様に、尽きない涙を流しているのか。真士の無念が、この身を裂かれる以上に辛い。

切なくて、廻音はシリンダーの表面に何度も何度も口づけた。

「真士、わかる？　僕だよ。廻音だよ」

剥きだしの脳は答えない。廻音を見ようともしない。深い溝をいくつも刻んで、柔らかそうな風合いで、培養液の中にポッカリ浮いているだけだ。

廻音は脳の後部に回った。後頭葉の最後部に、視覚野があるはずだった。

「僕だよ真士、見える？　僕を見て、真士…」

聴覚野は側頭葉に。廻音はシリンダーの周囲をぐるぐると回り、必死になって呼びかけた。

「真士、真士、聞こえる？　真士！」

もう見えないし、聞こえない。そんなことは廻音にだって、わかっている。呼んでも無駄だ。惨めなだけだ。悔しいだけだ。なにもかも、もう無意味だ。

あれは脳。真士ではない。

「しん……じ…っ」

だが、どんなに理解しようとしても、気持ちがどうにもならないのだ。こんなにも会いたかったから、諦めきれないのだ。抱きしめてほしかったから、こんな姿では納得できないのだ。会えば必ず抱きしめてくれるはずだったから、裏切った真士が許せない！

「ひどいよ真士…っ」

逞しい真士の腕に抱かれ、息が止まるほど熱いキスを交わし、もう二度と離れないと誓い合うはずだったのに。

廻音はただ、真士に会いたくて会いたくて、それだけのために生きてきた。絶対に真士が待っていてくれると思ったからこそ、銀のコンテナの中で何年も眠り続けていられたのだ。男たちに凌辱されて、心身がぼろぼろになっても、それでも懸命に歯を食いしばり、生きる道を選んできたのは、偏《ひとえ》に真士に会うためだった。

こんなにも苦しい思いをして、やっと会えた。それなのに！

「どうしてだよっ！」

あまりのショックで、膝から力が抜け落ちる。廻音は冷たい床に崩れ、蹲った。拳で何度も床を殴った。

「どうしてだよ…っ、こんなの酷いよ、真士、酷すぎるよ！　僕を愛してるって言ったくせに……、愛してるなら、どうして待っててくれなかったんだ！」

目の前の現実を、憎み、恨んだ。拳から血が出ても、廻音は床を殴り続けた。だけど廻音がどんなに荒れても、真士は叱っても、慰めてもくれない。

もう廻音を、見てもくれない。

「返事してよ、真士っ！」

廻音は絶叫した。狂ったように号泣し、頭を掻きむしった。

こんな再会を望んだのではない。こんな真士に会うために、生き永らえてきたのではない。

二度と真士が自分を見てくれないなんて。抱きしめてくれないなんて。微笑んでくれないなんて。名を呼んでくれないなんて。

そんなこと赦せるはずがない。どうやってこの惨たらしい事実を理解すればいいのか、その方法がわからない。

「ねぇ真士、ウソだよね？　こんなの…真士じゃないよね？」

廻音が揺さぶってしまったせいで、培養液が波打った。真士の脳がシリンダーの中で、頼りなく揺れる。シリンダーの側面に、真士の側頭葉が数回触れる。

とっさに廻音はシリンダーに掌を添えた。シリンダー越しではあったけれど、真士の側頭葉を何度も撫でた。何度も口づけし、何度も真士に頬ずりし、乱暴を詫びたとき――。

廻音の背後で、物音がした。

シリンダーに、長く伸びた黒い影が映りこむ。

ああ…と、廻音は息を吐いた。ディーゴのことを、すっかり忘れていた。

どこか呆然としたまま、滴る涙を拭いもせず、黙ってうしろを振り返って…。

「………ッ！」

廻音は絶句し、目を剥いた。

ディーゴが、宙に浮いていたから。

口から白い泡を噴き、ダランと四肢を垂れていたから。

ディーゴの首を掴み、高々と持ちあげているリョウキ。その隣には、ロズが無表情で立っていた。

上げていた右腕を、リョウキが勢いよく真下に振った。小さなディーゴの体が無惨に床へ叩きつけられ、人形のようにバウンドし、そのまま沈黙した。

「リョウキ！　ロズ……！」

ふたりがゆっくり近づいてくる。廻音は無意識に、背中でシリンダーを庇って立った。憎悪の念をこめてふたりを睨みつけると、ロズが寂しげに首を横に振った。

「廻音さん。そんな顔をしないでください」

「なぜ黙っていたんだ！」

「あなたを悲しませたくなかったからです」

は、と廻音は目を丸くした。悲しませたくないとは聞いて呆れる。これ以上に悲しい現実が他にあるか？

「ロズの言葉なんて、僕はもう信じない」

「信じなくても結構ですが、弁解くらいはさせてください」

「弁解？」

廻音はクッと喉で笑った。廻音から真士を奪っておきながら、弁解とは図々しすぎる。

「弁解の前に、ロズ。僕の質問に答えて」

ロズが目を細めた。その背後にはリョウキが……真士の姿をした男が、廻音ではなく、ロズを見つめている。視線でロズを支え、守っている。

そんなふたりの関係を見ているだけで、悔し涙が止まらない。

だが、なにを泣くことがあるのか。リョウキは真士ではない。そういう意味では、真士ではなかった。リョウキが廻音を覚えていなくて当然だったのだ。

あとからあとから流れる涙が悔しくて、廻音は袖口で顔を拭った。

「移植したんだね？」

確信が、勝手に口をついた。

どうにもならない悔しさが、廻音の感情を激しく揺さぶる。

「真士の体に、リョウキの脳を移植したんだね？」

返事はない。それが答えだ。

「真士の体から、真士の脳を奪ったんだね？　だから真士の脳は、いま、このシリンダーの中で、行き場もなく漂っているんだ！　ロズは、僕の真士に、こんな酷いことを…………！」

最後まで言葉を紡げず、廻音はシリンダーに両腕を回して抱きしめたまま、その場に崩れ、号泣した。

シリンダー内で、真士の脳からステンレス・ボックスへと伸びた四本の管…人工血管が、ユラリと揺れた。まるで廻音の声に反応したかのように、それは哀しい動きだった。

もう、いい。もう終わった。これ以上なにかを知っても無駄だ。なにも考えたくない。なのに抱きしめたシリンダーには、ロズを無言で守るリョウキの姿が映っている。

あれは真士の体なのに。それなのに、真士のものであるはずのそれは、廻音ではなく、ロズの側にある。

こんな理不尽なことが許されるのか？

廻音を慰めるかのように、培養液がゆらりと揺れた。いけない、真士が心配している。たとえ脳だけの存在になったとはいえ、これは真士だ。自分の命より愛している真士なのだ。

しゃくりあげながら、廻音はシリンダーの表面を撫でた。撫でながらも、目の前の事実を嘘だと思いこもうとしている弱い自分が、ちらちらと顔を覗かせる。

男らしくて精悍で、頼もしくて、温厚なくせに武道に長けて、短い髪がよく似合って、誠実で研究熱心で。廻音の知る「松宮真士」という存在を、二度とこの目で、この腕で、この心で、感じることができない――この巨大すぎる絶望を、なんとかして覆せないものかという焦りが、目の前の「真士」の姿を否定する。

「こんなのウソだ。僕を騙そうとしているんだろ？　脳移植なんて信じない。脳そのものを入れ替えるなんて、そんな非現実的なことできるわけがない。それでなくても脳の神経系は複雑で、組織の移植でさえも難しいのに。だから、そんな夢みたいなこと…」

「できるのですよ、廻音さん」

廻音の独白を、無情な声が断ち切った。

「あなたが眠りについてから、医学と科学は急速に進歩しました。二〇〇〇年を待たずにクローン技術は人間にも応用され、その三年後には自分の体細胞から、どんな臓器も培養して創りだすことが可能な細胞が発見され、多くの実用例を生みだしました。それから何年も経たないうちに、今度は体細胞さえ必要としない臓器創造技術が編みだされたのです。中でも脳は複雑で、一度死んだ脳細胞が蘇ることは決して有り得ませんでしたが、特殊なタンパク質を用いた技術で再生が可能になりました。いまや人類はドナーなしに、移植手術を行えるようになったのです」

無知な廻音を哀れむような口調で言い、音もなくロズが一歩踏みだす。

「人間は自分の体の欠落部分を、人工細胞で補うことが可能になりました。他人の脳を移植する場合は、本体と脳を接続する神経細胞や組織を本人の体細胞から培養すれば、合併症の発症率を抑えることが容易になり、脳移植は不可能な分野ではなくなったのです。長期の生存率は少ないですが、成功例は数多く…」

「そんな講釈を聞きたいんじゃない！」

我慢できずに廻音は叫んだ。医科学の歴史など、いまさら聞いてどうなるのか。

「僕が知りたいのは、だからなぜ、真士の体を奪ったのかということだっ！」

ロズが苦しげに目を閉じる。リョウキが静かにロズの名を呼ぶ。ロズがリョウキに目で頷く。大丈夫…と。

許せない、許せない！　真士の体を奪ってのうのうと生きているリョウキも、そのリョウキに愛され、守られているロズも。

「許せない…っ！」

廻音は歯を食いしばった。こんな形で真士を奪われてしまったいま、廻音を抱きしめてくれる腕は、もうこの世には存在しないのだ！

「僕はお前たちを、絶対に絶対に許さない‼」

廻音は叫んだ。憎悪のあまり気絶しそうだ。かつて、こんなにも、なにかを憎んだことがあっただろうか。廻音の憎悪の視線の先、ロズの唇が震えている。それすらも、ただ憎い。

「リョウキの命を救うには、これしかなかったんです」

「…どういう意味？」

観念したようにロズが目を閉じ、深呼吸した。そして、重々しく語りだした。

「核が投下された瞬間、最初は…そうですね、この地下深くに五十数人は生存していたでしょうか。でも、死の恐怖に、誰もがおかしくなっていきました。食料の奪いあい、暴動、強姦、自殺――。放射能に体を汚染されるより早く、ここの生存者が絶滅するのは、もはや時間の問題でした。だから私は先手を打って、リョウキの仲間以外を、次々に薬殺していったのです」

「薬殺…？」

聞き返した声が引きつった。乾いた笑いが口から漏れ、すぐに消えた。

悲しい瞳に狂気をちらつかせ、ロズが頷く。

「殺さなければ、こちらが殺られますから」

ロズは笑ったようだった。廻音の背筋を、冷たいものが駆け抜ける。

ロズの顔から笑みが消え、表情さえも消滅する。もうロズは、顔色ひとつ変えない。見開いた瞳を、ただ廻音に注いでいる。唇だけが、義務的な動きを継続している。

「核戦争を予測して、当施設では政府関係者の依頼により、放射性物質による人体汚染の進行を防ぐ新薬を開発中でした。リョウキたちと私自身は、人体実験と称して、早々に処置を済ませておりました。他の生存者には、その新薬の存在をちらつかせ、別の薬…毒物を投与しました。…思えば魔女狩りのようでしたよ。身体機能の異変に気づいた彼らは、様々な武器を手にして、私を殺すべく襲いかかってきました」

眩暈を起こしたのか、ロズの足元がぐらついた。だが背後からリョウキが支える。真士の腕でロズに触れ、真士の目でロズを庇う。ロズだけを。

廻音はとっさに顔を背けた。見ていられない。精神の糸が焼き切れそうだ。いまにも錯乱してしまいそうだ。血がでるほどに唇を噛みしめ、廻音はシリンダーに縋った。

シリンダーの表面に、ロズが映る。ロズの腕がス…とあがり、部屋の隅を指した。

「そこに、チェーンソーがあるでしょう？」

言われて廻音は、視線を向けた。骨の切断に用いられる小振りな電動ノコギリ…チェーンソーが、壁に立てかけられていた。

「生存者のひとりが、私に向かってそれを振り翳しました。リョウキが庇ってくれなければ、私は確実に死んでいました。ですが代わりに、リョウキの体が……真っ二つに切断されてしまいました」

息を呑み、廻音はふたりを振り返った。オレンジ色の光に照らされたロズの頬は、涙で濡れて光っていた。

「私はリョウキを死なせたくなかった。どうしても生きてほしかった！　だから…だから、私は！」

ロズが両手で顔を覆った。廻音が初めて耳にする、ロズの苦渋の嗚咽だった。

「ドクター松宮の体を、利用したんです……！」

長い沈黙が落ちた。

口を開いたのは、ロズだった。涙を拭いもせず、ロズが話し続ける。

「若くして、冷凍保存の被験体《マウス》を何体も蘇らせたドクター松宮の名は、医学界や科学者の間で知らない者はいません。私はメディカルスクール時代にドクター松宮の偉業を知り、彼に憧れてクライオニクス研究施設にやってきました。ですがそのときには、もうドクター松宮は、何年も前に廻音さんを追って眠りについていらっしゃいました」

「真士が、僕のあとを追って…？」

思いがけない過去を聞かされ、廻音は身を乗りだした。

「倫理的に公表は禁じられていたようですが、ドクター松宮は、変わらぬ姿で廻音さんに再会するために、自らフェニックス計画の被験者になったそうです。私はドクター松宮の熱意に感銘を受けました。ですからクレイン施設長に頼みこみ、あなた方ふたりのコンテナを担当させていただきました。尊敬するドクター松宮と、彼が誰よりも愛したあなたを、この手で守りたいと思って…」

「だったら、なぜ？　どうして……せめて真士だけでも、守り抜いてくれなかった？」

廻音はロズを真っ向から睨みつけた。彼が苦しんでいるのは、わかる。だが、それでも迫りあがってくる言葉を叩きつけずにはいられなかった。

「あなたはリョウキさえ助かれば、真士はどうなってもよかったわけだ。真士の脳を保管していた理由も、単なるうしろめたさだ。真士をこんな姿にしておきながら、生きているだなんて……そんなのは偽善だ！　あなたは僕から真士も夢も未来も、なにもかも奪ったんだ、ロズ！」

自分の放った言葉に傷つき、肉体が砕けそうだった。内臓が業火に炙られて、熱くて熱くて喉が引き攣る。

「ロズ！　あなた、いつか言ったじゃないか！　なにをもって愛するかって。心がすべてだって…あなた、そう言ったはずだ！　だったらリョウキの体なんて、どうだってよかったはずだ！　わざわざ『器』に入れなくたって、姿形なんか無くたって！　真士がされてしまったように、リョウキのほうこそ脳だけで生かして…リョウキの脳だけ眺めていれば、それでよかったはずだ！　違う？　ロズ！」

震える膝を手で掴んで、廻音はようやく立ちあがった。全身が火のように熱い。シリンダーから発する熱が、乗り移ったかのようだった。きっとこれは、真士の怒り、そして悲しみ。もう話すこともできなくなってしまった真士の代わりに、廻音は絶叫を叩きつけた。

「僕は違う！　心だけじゃイヤだ！　真士のすべてに愛されたい。真士のすべてを愛してる！」

震える拳を胸に押し当て、廻音はロズに教えてやった。どれだけ真士を愛していたかを。どれほど真士に愛されていたかを。それを壊したのは一体誰かということを。

「真士はね、僕を抱くとき、照れて目を合わせないんだ。胸に抱くとき必ず、僕の右肩に顔を埋めて…耳の下にキスしてくれるんだ。僕の…僕の中に入るときはね、真士は、僕を…傷つけやしないかって、いつも心配そうな顔をして…。でも、とても強く、激しく、全力で僕を、あ、愛してくれて……！」

真士の脳が、くぷん…と揺れる。廻音はシリンダーに頬擦りした。何度もキスした。在りし日の幸せを思いだしている真士の気持ちが、その悲しみが、皮膚を通して流れこんでくる。

「抱くっていうのは、そういうことだ。愛するっていうのは、そういうことだ。心だけじゃない、体だけでもない！　考えるだけじゃ伝えきれない想いを、瞳で、耳で、肌で、温もりで、言葉で、全身全霊で語りあうものなんだ！　僕が真士と過ごしたのは、たった半年だ。でも、僕らは毎日のように心と体を、まるごと愛して生きていた……！」

　ロズが無言で涙を滴らせている。だが廻音は、その涙すらも許せなかった。

「冷凍保存執行の日も、僕は、体も心も真士でいっぱいにして眠ったんだ。何年……何十年経っても必ず、目覚めたときには僕の前に真士がいるはずだった。真士もきっと、それを願って眠りについたはずだ！」

　廻音はロズを睨みつけた。目だけで人が殺せたら。そうしたら、いますぐ真士の仇を討てるのに。

「なのに、ロズ。あなたは真士の想いを踏みにじった！　あなたは自分の幸せのために、真士の命も、僕の夢も犠牲にしたんだッ！」

　廻音は両拳を目に押しつけた。だけど涙は止まらない。

「返せよ、いますぐ！　いますぐ真士を、僕に返せーッ！」

　涙を振り払って叫んだ瞬間、凄まじい音が廻音の悲鳴をかき消した。

「……っ！」

　廻音は目を見開いた。ロズもリョウキも、目を剥いていた。脳髄に切りこむような音の正体がチェーンソーだということは、かろうじて判別がついた。

　だが、一体なにが起きているのか、すぐには理解できなかった。

　わかったのは、ただひとつだけ。

　赤いシャワーのような鮮血が、勢いよく噴きあがっていることだった。

ショックのあまり、聴覚が一時的に閉ざされた。だが視覚は、その凄惨な光景を捉えている。

脇腹から鮮血を噴きあげたロズが、床に膝をつき、前のめりに倒れた。

「ロズッ！」

リョウキの絶叫と廻音の悲鳴は、同時だった。ディーゴの手に握られていたのはチェーンソー。

荒い音をたてて骨が砕ける。チェーンソーの刃はロズの腰椎に達していた。

「うおぉーっッ！」

咆哮したのはリョウキだった。リョウキの形相が鬼になる。リョウキはチェーンソーを奪うと、小さなディーゴを投げ飛ばした。壁に叩きつけられたディーゴは床に崩れ、いまさらガタガタと震えている。

怒号とともに、リョウキが腕を振りあげた。その手には、いまだ、けたたましい唸りをあげるチェーンソー！

「危ない、ディーゴ！」

廻音が叫ぶより早く、ディーゴの両手首がスパッと切れて宙を飛んだ。

「ギャアア――ッ！」

ディーゴの両手首から、大量の血飛沫が噴出する。

「ディーゴ！」

廻音は叫びながら、とっさにあたりを見回した。部屋の脇に積みあげられたシーツを見つけるやいなや、反射的に飛びついていた。夢中で掴んだそれを裂き、素早くディーゴの腕の付け根を渾身の力で締めあげる。

耐え難い痛みなのだろう、ディーゴが叫びのたうち回る。廻音はそんなディーゴを膝で押さえつけ、手首にも布を巻きつけた。だが、白かったはずの布きれは、あっという間にどす黒い血で染まってゆく。

「ディーゴ、ダメだ、暴れちゃだめだ。我慢してっ！」

ヒクヒクと全身を痙攣させるディーゴに応急処置を施して、廻音はシーツの束を手に、今度は背後のロズを振り返った。

ロズは、リョウキに抱かれていた。

痩せたロズの体は、リョウキの腕に包まれていた。

眠りに向かう子供をあやすかのように、リョウキは繰り返し繰り返しロズの髪を撫で、その額に唇で触れていた。逞しいリョウキの胸に頬を預け、見ればロズは穏やかに、まるで楽しい夢でも見ているかのように淡い微笑を浮かべていた。

濡れた瞳が、廻音を見つめる。

「すみませんでし…た……、廻音さん…」

弱々しい声とともに、ロズの唇から血が溢れ、細い顎を染めてゆく。

「私が、すべて……悪いのです……」

廻音は、不思議でならなかった。

さっきまであんなに憎かったロズ。そのロズの命が尽きようとする瞬間に、なぜこんなにも膨大な悲しみに襲われているのだろう。

思えば、廻音に優しくしてくれたのはロズだけだった。廻音をいつも庇ってくれたのは、ロズだった。食べることすら困難だった廻音の世話をしてくれたのは、ロズだった。

なぜロズは、そんなにも廻音に優しかったのだろう。廻音など蘇らないほうがよかったと言いながら、なぜ守り続けてくれたのだろう。

もしかして、償いだったのだろうか。

真士を失って苦しむ廻音の姿に、ロズも苦しんでいたのだろうか。同じ研究者として、そして人を愛する者として。

ロズが力なく手を伸ばす。廻音は無意識に、彼らの傍らに膝をついていた。ロズの指先が廻音の頬に触れる。この期に及んで、まだ廻音を勇気づけようとする行為に、痛いほど心が締めつけられた。

最後まで廻音を気にかけてくれるロズを、憎みたいのに憎みきれず、いっそ子供のように大声をあげて泣きたくなる。

「手当てをさせて……、ロズ」

掠れ声で訴えると、ロズは微笑み、力なく首を横に振った。助からないと知っているのだ。

「――ゆ…」

「なに、ロズ」

廻音はロズの口元に耳を寄せた。ロズの呼吸は、寂しくなるほど弱々しかった。

「許して、なんて、言う資格は…、ありません…よ…ね…」

「ロズ…」

知らず、ロズを呼ぶ声が震えてしまう。そんな廻音をロズが笑う。幾筋も涙を流したまま。

「恨むなら、どうか、私…だけを」

ロズの口から血の塊が溢れた。とっさに廻音はロズの手を握りしめた。

それを肯定と受けとったのか、ロズが優しく目を細めた。そして、リョウキを見あげて笑った。

ロズがいま見つめている男は、真士の形をしていない――と、廻音は理解した。

ロズの目に映っているのは、ロズが命がけで愛した、かつてのリョウキの姿に違いなかった。

瞳にリョウキを映したまま、ロズがゆっくりと瞼を閉じる。廻音の手から、ロズの手が静かに滑り落ちる。

それきり、ロズは動かなくなった。

「ロズ……?」

廻音は再度、ロズの手に触れようとした。が、その手をリョウキが拒んだ。

「触るな」

「リョウキ…？」

血まみれの手で、リョウキがロズの髪を梳く。廻音のことなど見もせずに。

「こいつは俺のものだ。誰にも触らせねぇ」

「リョウキ…」

リョウキがロズの額に口づける。そしてロズの体を床に下ろし、立ちあがった。

部屋の隅で小さくなって震えるディーゴを見下ろした。

「長いつきあいだったな、ディーゴ」

ディーゴが震えあがり、身を竦める。リョウキが歯を見せ、残忍に嗤う。

「お前、ちいせぇころから、飽きずに俺のあとばかり追いかけてきやがったよなぁ。あげくにこんなクライマックスにまで割りこんできやがって。…お前はいいヤツだよ、ディーゴ。だけど俺には古いダチより、もっと大切なものがあるんだ」

悪いな、と笑ったリョウキが、大きく一歩前へ出る。ディーゴが後ずさろうとする。そんなディーゴには目もくれずに身を屈めると、リョウキはロズの血が付着したチェーンソーを拾いあげた。

改めてリョウキに睨まれて、ディーゴがヒッと声を詰まらせる。

「リョウキ、やめて！」

廻音の悲鳴を鼻で笑い飛ばし、リョウキが面白そうに肩を揺らした。

「生き長らえても、先は知れている。俺はあのまま死んでもよかったんだが、ロズのヤツが俺を生かそうと必死になりやがったから、仕方なく生きてやっただけの話だ。…ロザリオが死んだいま、もう俺に生きる理由はねえ。こんな世の中、未練もねえ。借りものの体、返してやるよ」

そう言って、リョウキが廻音を見下ろした。爽快な、清々しいまでの笑みだった。廻音は一瞬、胸苦しさに襲われた。それはきっと、孤独感に違いなかった。

「悪かったな、いろいろと」

リョウキは誰に謝ったのだろう。

体を奪ってしまった真士にか？

嘆き続けた廻音にか？　それとも、手首を無くしたディーゴに？

「お前のシンジによろしくな、カイネ」

再び響いた作動音は、チェーンソー。

それを頭上に振りかぶり、リョウキが豪快に大笑いした。


うなる刃が、リョウキの頭部を砕く。

リョウキの体が、前後に大きく揺れる。

倒れまいと…まだ気を失うまいとして、リョウキが目を剥き、咆吼する。

廻音は叫んだ。

自分の悲鳴も聞こえないほど、錯乱の中で絶叫した。

だが、廻音の声は、おそらくもう届かない。

見開いた目、歪む唇。

最期までリョウキは、高らかに笑っていた。


リョウキが、膝から崩れ落ちる。

チェーンソーが床に落下した。続いて、リョウキの体が音を立てて床に倒れた。

「リョウ…キ…」

返事はないと知りながら、廻音は呆然と「それ」を呼んだ。

俯せに倒れている「それ」は、頭頂をザックリと切断し、脳は無残に潰れていた。

倒れているのはリョウキか、真士か。

廻音はリョウキの、突然の自害に呆然とした。だが同時に、真士を見つけた。ついに真士に会えた気がした。

ここにいるのは、もはやリョウキではない。それは廻音の真士だった。

リョウキがロズのもとへ逝ったいま、この肉体は真士だった。

「真士…っ」

廻音の唇から、最期の希望の名が零れた。その瞬間、廻音は真士の頬に手を当てていた。まだ温かい。辛うじて脈もある。

「真士…、真士、真士…っ」

鼓動が乱れる。気が逸る。廻音は反射的に背後のシリンダーを振り返った。あとからあとから理由もなく湧いてくる涙のせいで、頭の中が混乱している。やるべきことが整理できない。真士の姿がよく見えない。両拳で懸命に涙を拭い、廻音は真士に訴えた。

「ねぇ真士、どうしたらいい？　僕は一体、どうしたらいい？」

だけど真士は、答えてくれない。誰も廻音に答えをくれない。ロズも、リョウキも。

そのときだった。廻音はわずかに目を瞠った。シリンダーを発光させていたオレンジの光が、心なしか弱まったような気がしたのだ。

そうと気づいたときには、その暖かな色調は次第に力を失い、オレンジ色の光量を0レベルにまで落としていた。室内に、柔らかな闇が訪れる。

「――…な、に？」

訝しみながら、廻音はシリンダーを両掌でそっと撫でた。そのとたん急激な不安に襲われ、とっさにシリンダーを抱きしめた。温かかったはずのガラスの表面が、少しずつ、だが確実に、ゆっくり、ゆっくり、冷えていくように感じられる。

まさか…と廻音は息を呑んだ。施設内の補助電力が尽きたのだ！

「そんなっ！」

廻音はシリンダーにしがみつき、懸命に擦った。このままでは脳への血流が止まってしまう。真士の脳が死んでしまう！

「いやだ、真士！　真士、真士っ！」

廻音はシリンダーに縋り、死に物狂いで呼びかけた。

気も狂わんばかりに絶叫する廻音を、ディーゴがうしろから引き剥がそうと懸命になる。手首から先を失った身でありながら、ディーゴは全身に苦渋の汗を滲ませ、なにかを必死で訴えている。

「…からッ！　だ、だからッ！　リョウキが、か…返してくれた、から！　は、はやく手術、し、しないと、シンジ、死ぬッ！」

廻音は目を剥き、ディーゴを見た。いまだとばかりに、ディーゴが早口でまくしたてる。

「ロズもッ！　リョウキ、ケガして、すぐ手術した！　シンジの頭、開いて、脳ミソ、入れ換えたっ！」

呆然としながら、廻音は首を横に振っていた。

「そ…そんなこと、僕にはできない！　僕の知っている脳移植は三十五年も前の、脳組織だけを移植するやり方だ。脳全体を入れ替えるなんて、そんな夢みたいなこと…」

「ロズは、やった。だから、できるっ！」

「僕には無理だっ！」

「無理でも、や…やるんだ！　やらなきゃ、シンジ、本当に…し、死ぬぞっ！」

本当に死ぬ――――断言されて、廻音は絶句した。ディーゴの言うとおりだ。わかっている。

「し、シンジ、こ…殺す、な！　廻音が殺すなーっ！」

「ディーゴ…ッ」

廻音は弱々しく首を横に振り続けた。そんな廻音に、ディーゴは同情もくれない。

「できる。だからシンジ、ずっと、生かしてた。このまま、生かさなきゃ……だめだって、ロズ、言ってた！」

ディーゴの焦りが伝わってくる。この期に及んで勇気をだせない廻音の足を、なんとか踏みださせようと懸命になってくれている。

「オ…オレ、手術手伝った。ロズ、言ってた。いつか返さなきゃいけない体だ…って」

「いつか、返さなきゃいけない…体…？」

「そうだ。それにロズ、言った。もしそのとき…が、来ても、大丈夫って。この脳は、繋がる…って！」

現実と非現実の間で戸惑う廻音の前で、ディーゴの両眼だけが狂気を孕んで強く光る。

「廻音…寝てる間に、医学、し…進歩、した。人は、脳だけで、生きられるし、伝えられる。コンピューターと、脳の神経、繋げて、話…する、こと、も、でき…る」

「そ…んな…ことが…？」

「シンジ…の細胞、ちゃんと培養して…ある。脳と体は、繋がる！」

「繋がる？　本当、に？」

半信半疑の呟きに、ディーゴが力強く頷いた。

「ロズ、言ってた。ちゃんと、み…未来に、繋がる。いまが無理でも、み…未来がある。だからシンジ、生きてた！　廻音を、待ってた！」

「真士が……待っていた…？　僕を…？」

それこそが、真士の脳が、ここで息づいていた理由だったのだ。

真士は廻音を、どんな形であれ、待っていてくれたのだ。

廻音が真士に、生きて抱きしめられたいと渇望したように――ロズはリョウキを一途に愛するが故に、その行為に走ってしまい、その衝動を悔いていたのだ。

蘇ったリョウキに愛されながらも、常にロズはリョウキと廻音との狭間で、ひとり苦悩していたのだ。

もしかしたら……ロズのことだ。自分が死ぬときには、きっとリョウキもついてくると、そこまで計算していたのかもしれない。そのときに真士の体を返せばいいと……そう考えて、脳の保管を思いついたのだろうか。

廻音は笑っていた。泣きながら笑っていた。なんてしたたかで、恐ろしくて、計算高くて狡《ずる》賢くて悲しいロズ。

ロズは人を愛する辛さも喜びも充分にわかっていて、そして、いつか自分の手で決断しなくてはならなかったこの日のために……複雑な形ではあったけれど、廻音と真士を守ってくれていたのだ。

廻音は思った。自分もロズと同じだ、と。

ロズがリョウキの命を優先したように、廻音も真士の命を救うためなら、きっとどんなことでもするだろう。おそらく、この世のすべてを敵に回しても。

冷たくなってしまったロズの傍らに膝をつき、その穏やかな死に顔に、廻音は涙を滴らせた。

もう、廻音に迷いはなかった。

「いいんだね？　真士の心を、真士に戻してやっても」

廻音はロズに別れを告げた。

ロズの唇に、そっと唇を押しつけた。


ピンセットを握る廻音の指が、真士の体液でヌルリと滑る。慌ててそれを持ち直すと、ディーゴが懸命に励ましてくれた。

「カイネ、お…落ちつけ。大丈夫だ」

懐中電灯で手元を照らしてくれるディーゴに、廻音は無言で頷いた。

まさか執刀器具まで用意しておいてくれたわけではないのだろうが、ロズの研究室にはひととおりのものが揃っていた。なによりもありがたいのは、小型発電機の存在だ。

さっき電力不足で停止してしまったシリンダーに、いままたそれをセットして、真士の脳に再び血液を送っている。これで少しは手術時間を確保できる。

真士の頭蓋から取りだしたリョウキの脳は、ほとんど潰れてしまっていたが、廻音はそれを布に包み、ロズの胸に抱かせてやった。あとで処置室のコンテナのどれかに、ふたり一緒に納めてやりたい。

いま手術は、脳移植に適したサイズに頭部を開き、割れた骨片の除去作業をようやく終えたところだった。あとは真士の脳を移植するだけ。

ここは無菌室ではない。万が一、奇跡的に真士の脳が繋がったとしても、後遺症が残るどころか、正常に活動することは難しいだろう。でも、それでもいい。真士は真士だ。甦ったら、命尽きるまで二度と離れない。

心臓は、動いている。肺に酸素を送り続ければ、まだしばらくは保つだろう。問題は、脳だ。真士の脳の機能が停止しないようバッテリーの残量を確かめて、廻音は唇を噛んだ。

人口呼吸器、心拍測定器がそれぞれ一台、それに輸血用回路の接続。果たして最後まで電力が保つのだろうかという不安が、廻音の脈拍を加速させる。

限られた電源、限られた技術、限られた時間――そして脳そのものの移植という、成功率は限りなくゼロに近い手術。

不安が胸を締めつける。

脳組織はブドウ糖を主なエネルギー源としているが、機能の維持には安定した血流…酸素を受ける必要がある。廻音は処置室からディーゴが持ってきてくれた保存血液を充填し、真士の脳と肉体に送りこんだ。そうすることで、執行猶予はわずかだが延びるだろう。

廻音は極度に緊張していた。脳そのものを移植するなど、初めての経験である上に、相手は真士なのだ。

フェニックス計画内で記憶保存希望者の頭蓋を切開し、脳を液体窒素に保管したことはあっても、頭部の神経や血管を繋いだ経験はない。廻音はフェニックスの技師としては一流でも、脳外科医ではない。冷凍技術と外科技術は、あまりに畑違いの分野で、比較するにも値しない。

それでも執刀するしかなかった。万が一の可能性が残されているなら、それに賭けるしかない。

それに、どのみちこのままでは、真士は確実に死に至る。

やるしかない。真士が人類冷凍保存を……フェニックス計画を成功させたように、奇跡は再び起きるかもしれない。

廻音は自分を励ました。だが、必死で高めたテンションも、真士の脳を目の前にして、とたんに不安へとすり変わる。

ロズはおそらく脳外科を専門としていたのだろう。それに、拙いながらも助手がいた。アランやヤスヒコ、そしてディーゴ。だが、廻音はひとりだ。両手を失ってしまったディーゴに、頼める作業はほとんどない。

絶望と恐怖が津波のように押しよせる。混乱しすぎて、涙が溢れそうになる。

「う……！」

廻音は歯を食いしばった。泣くのはあとだ。涙は執刀の邪魔でしかない。視界がぼやけてしまったら、無数にある神経と血管を誤った位置に繋ぎかねない。それでなくとも脳に関する知識は浅いというのに。

「真士、真士、真士、真士…っ」

廻音は口の中で、恋人の名を何度も反芻した。廻音がいつも繰り返してきた、廻音の唯一の、希望の呪文だった。

緊張に震える手で、シリンダーから真士の脳を取りだした。

真士の脳は柔らかかった。廻音の掌の上で、モッタリと重く震えている。

「真士、僕を助けて――…」

パックリと割れた頭部に、廻音は真士を慎重に下ろした。

まず後頭部。主要な部分にバイパスを渡す。内頸と外頸の動脈を繋ぎ、椎骨動脈を確保する。廻音の右目に鮮血が飛んだ。一瞬視界が真っ暗になる…が、自力で振り切って目を見開き、ディーゴに指示した。

「奥。この下、照らして」

ディーゴは、もはや感覚などないに等しい両腕で、器用にハンディライトを挟み、廻音の示す部位に光を当ててくれた。ありがとう……と感謝して、だが一秒たりとも手を休めず、視線を逸らさず集中する。

額に汗が滲む。手が滑る。研究室を浸食する恐ろしいほどの冷気など、いまは微塵も感じていない。体は異常に火照っている。

廻音は思った。真士の目など見えなくていい、と。耳も聞こえなくていい。言葉など話せなくていい。手足など動かなくてもいい。

わがままなのは承知している。罵られても構わない。

ただ、側にいてくれさえすれば。

生きて、そこにいてくれさえすれば、それでいい。

「カイネ、顔色……悪い」

ディーゴの不安げな声に、廻音は手元を見据えたまま「大丈夫」と返した。

「ケガしてるぶん、ディーゴのほうが顔色悪いはずだよ」

見もしないで決めつける廻音のセリフを、ディーゴは素直に受けとめてくれたようだった。こんな場合だというのに素直にすべてを受け入れてくれるディーゴには、本当に呆れる。人がよすぎる。

「カイネ…笑うな。笑うと……、オレ、寂しい」

「うん……ごめん。もう笑わない」

短いやりとりで、廻音は再び指先に集中しようとして、刹那、悲鳴を呑みこんだ。

「どうして……！」

それは唐突に訪れた。

心拍測定器が、まったく反応していない。横に、ツー…と弱い線を引くばかりで、正常波形を示さない。即座に廻音は真士の首に指を当て、胸に耳を押しつけた。まさか…と目を見開く。

止まっている。心臓が停止している！

「ディーゴッ！」

廻音は絶叫した。半狂乱になっていた。

「心臓マッサージ！　早くッ！」

ディーゴが慌てふためいて、真士の胸に乗りあがる。小さなディーゴは真士の腹にまたがり、切断された両手の代わりに両肘を使い、懸命に胸部に圧迫をかける。ディーゴの傷口から一気に噴き出した血液が、真士の顔と胸板を黒く染めてゆく。

「もっと強くッ！」

残酷な指示だと知りながら、だが廻音は、それを言わずにいられなかった。廻音の懇願に、ディーゴは激痛に顔を歪めながらも奮闘してくれる。廻音は脳のバイパスが外れないよう維持するのが精一杯で、ディーゴを思いやる余裕はない。肉体が死んでしまったら、もう真士の脳は戻れなくなる。

「ディーゴ、頑張って！　お願いだから！　…真士！　死んじゃダメだ、真士ッ！」

せめて、ひとりじゃなかったら。

リリアやケヴィンがいてくれたら。ジャックがいてくれたら。クレイン施設長がいてくれたら。

彼らと心を通わせる必要はないと、あの当時は本気で思っていた。それなのになぜ、こんな極限のさなかに、真っ先に彼らの顔を思い浮かべてしまうのだろう。自分の心が不思議でならない。

もしかして、これか。

これが、仲間というものか。

いつも一緒に仕事していた。たぶん彼らは仲間だった。

廻音の運命を知っていても、知らないふりをしてくれた。廻音が真士に夢中になっていることを、リリアもケヴィンも知っていた。それなのに誰も真士に、廻音の運命を暴露しなかった。誰も真士に、この恋愛はやめたほうがいいと忠告しなかった。

廻音が凍って、真士が悲しい思いをしたとしても、真士には立ち直る時間がある。けれど廻音には時間がない。あの医療班の仲間たちは、きっとそう考えて、廻音と真士を、黙って見守ってくれていたのだ。廻音は孤独ではなかったのだ。守られていたのだ、みんなに。

廻音はいま初めて彼らが恋しいと思った。仲間だったのだ。みんな。

切ない疼きが、涙になってこみあげる。絞られるような胸の痛みは、いつしか怒りへと変わっていた。

なぜ、核が投下されたのか。なぜ人と人が、国と国が憎み合い、殺し合うような事態になってしまったのか。

なぜ人間は、核爆弾を造ったのか。なぜ人類は、誤った強さを手に入れて、偉くなったと勘違いするまでに、幼稚に成り下がったのか。

こんなふうに一切を消滅させて、それで問題が解決すると勘違いするほどの想像力の欠如は、その無知は、その驕《おご》りは、一体なにが原因なのか。

国家レベルの憂さ晴らしに、人類も地球も捲きこまれたのだ。こんなバカげた話はない。命にスペアはない。自分という人間は、この世にたったひとりしか存在しないし、一度しか人生を歩めない。試験管で培養された廻音であっても、代わりはいないと断言できる。なぜなら、真士に愛され、真士を愛した廻音という存在は、自分以外にいないのだから。

廻音は泣いた。悔しかった。愚かな結末の、なにもかもが。

「お願い…みんな、真士を守って。僕が愛した真士を、お願いだから、僕に返して。お願い、守って、僕の真士をどうか守って……助けて、助けて、助けて！」

廻音は口の中で唱え続けた。乱れる廻音の脈拍が、耳鳴りになって廻音自身に襲いかかる。

いつしか廻音の手は、脳の部位をすべて繋ぎ終えていた。雑菌の蔓延する不衛生な室内で、大成功など期待していない。それでも廻音は賭けていた。命の火種さえ確保できれば、まだ奇跡への道は残されている。

バイパスを外し、廻音はバッテリーに飛びついた。電気ショック用のカウンターを猛烈な速さで繋ぐ。真士の心臓にショックを与えるためだ。

「ダメだカイネ！　う、動かないッ！」

「どいてッ！」

両手に握ったカウンターを、廻音は顔前で触れ合わせた。とたん、カウンターが激しい火花を散らせる。驚いて、ディーゴが真士の上から飛びのく。廻音はディーゴを怒鳴りつけた。

「真士の頭、動かないように押さえてッ！」

廻音は真士の胸部に狙いを定めた。ひとつ大きく深呼吸し、息を止めた。

「動け、動け、動けッ！」

一心に願い、狙いを定めてカウンターを押し当てる。ドンッ！　と真士の体が跳ねあがり、廻音の手が反動で弾き返される。

廻音は真士に覆い被さり、胸に耳を当てた。だがなんの音もしない。素早く心拍測定器を見る。だが波形は生じない。

「真士、お願い！　お願いだから、戻ってきて！」

苛立ちながら、涙を散らして懇願した。

しゃくりあげる廻音に、ディーゴもまた、エッエッと声をあげて泣きだした。無くした手首で涙を拭うものだから、ディーゴの顔には血がドロドロにこびりついている。

カウンターに最大電圧をかけ、廻音はもう一度息を吸った。とたん、激しく迫りあがる鼓動と痙攣で過呼吸に陥る。もはや自分も、極限状態にあると知った。いつまで正常でいられるのだろう。

「あと少しだけ……少しだけ、待って…」

廻音は目を閉じ、呼吸を整えるために息を止めた。苦しくて熱くて、唇が震える。歯がガチガチと音をたてる。膝が、腕が痙攣する。落ちつけ、落ちつけ、と自分に何度も言い聞かせ、それでも止まらない涙に負けて、再び気弱に涙を拭う。

「死なないで、真士…っ」

再会を果たせないままで、死なせてたまるか！　廻音は目を見開いた。

「もう一度！」

真士の厚い胸板に、再びカウンターを押しつける。二度、三度！　真士の背が大きく波打ち、跳ねあがる。

だが、測定値は変わらなかった。

真士は、戻ってくれなかった。

もはや、これが限界だった。廻音はカウンターを床に落とすと、真士の胸に覆い被さった。

真士の肌に耳を当て、心音を探る。自分の鼓動が大きすぎて、真士の音がみつからない。

息を止め、真士の命を探すことだけに集中した。目を瞑り、聴覚を研ぎ澄ませ、心音の回復を待った。

だが――――。

たまらず廻音はベッドにのぼり、真士の体にまたがった。心臓の上に両手を重ね、腕を突っぱらせ、懸命に心臓マッサージを行った。胸部を開いて直接心臓に刺激を与える方法も脳裏を過ぎったが、頭を開いた状態では、どう考えても体への負担が大きすぎる。

　廻音は渾身の力で、胸部を何度も押した。体重をかけ、刺激を与え続けた。

　だが真士の心臓は、やはり動いてはくれなかった。

　ディーゴがぽつりと呟く。

「バッテリー、もう、ない」

　廻音は返事をしなかった。無言のまま、心臓マッサージを繰り返した。

「カイネ…、もう……」

　廻音は返事を拒否した。ギシッギシッとベッドをやたら大きく揺らし、真士の胸を押し続けた。

「カイネ…」

　苦渋の滲む呟きが聞こえたが、ディーゴはそれきり廻音を呼ばなくなった。いつまでも作業をやめない廻音のことを、悲しんでいるようだった。

　ディーゴが床で丸くなる。それを気配で感じつつ、廻音はとり憑かれたようにマッサージを続けていた。

　真士の脳の、せっかく繋いだ神経も動脈も、電気ショックの激しいバウンドのせいで、いくつか破損してしまった。

　ひとつも思いどおりに進まない。そんな焦りが苛立ちになり、怒りへと変化し、廻音は両の拳を固めた。大きく振りあげ、真士の胸板をドンッと叩く。拳の上に、悔し涙がポタリと落ちた。

「嘘つき…っ」

廻音はもう一度、真士に拳を叩きつけた。二度と開かない真士の瞼を睨みつけ、ありったけの憎しみをこめて訴えた。

「僕のために眠ったなんて、嘘じゃないか！　それがホントなら、いますぐ起きてよっ！　嘘つき、嘘つき、嘘つきッ！」

上半身を折り曲げて、廻音は真士に抱きついた。真士の肩を掴み、逞しい腕を何度もさすり、頬に頬を押しつけた。廻音が灯した首の痣に執拗に口づけ、確実に冷えてゆく真士の肌を懸命に撫で続けた。

だが、どんなに廻音が強く抱きしめても、どれほど温めようとしても、真士は硬く、冷えてゆく。

「真士、起きてよぉっ」

涙で霞んで真士が見えない。自分の号泣しか聞こえない。

「お願いだから、もう、目を開けてよ！　もういいんだよ、起きてよ、ねぇ真士！　頼むから僕をひとりにしないでッ！」

髪を振り乱し、廻音は懇願し続けた。廻音の願いを真士が聞き入れないことなんて、いままで一度もなかったから。だから真士は、生き返るはずだった。廻音が望んでいるのだから、そうでなくてはならなかった。死ぬなんて有り得ないのだ。

「…もうわがまま言わないから。これっきりだから。ね？　だからお願い、真士。ねぇ真士、僕を見て。ほら…蘇ったんだよ。真士のおかげだよ。真士の研究は成功したんだ！　僕が……せっかく僕が蘇ったのに、真士が待っててくれなかったら、生き返った意味がないじゃないかッ！」

廻音は真士の肩を乱暴に揺さぶった。鮮血にまみれた真士の首ががくがくと揺れる。頼りない動きが腹立たしい。憎くて憎くてたまらない。

「卑怯者ッ！　僕をひとりにするなっ！　真士、真士、真士、シンジッ！　頼むから目を開けてッ！」

叫び続ける廻音を嘲笑うかのように、頭蓋骨の亀裂から、真士の脳皮がズルリと溢れる。

「う…──ウワァッ！」

廻音は真士の頭部に飛びつき、反射的に手で押さえた。慌ててその柔らかなピンクの脳を頭蓋に戻そうとしたのだが、掴み損ねて脳が陥没し、厭な音を発して破れた。廻音の指に、崩れた真士の脳細胞がドロリと伝う。

「シン…ジ……」

ピンク色の体液に染まったその指を、廻音は呆然と眺めていた。

その手をそっと、口元へ運ぶ。

真士の体液で濡れた指に口づけ、無意識に舌を這わせていた。真士を、体に入れたかった。どんな真士でもいい、廻音の中に来てほしかった。

このまま狂ってしまおうか──ふと、そんな閃きに笑みが零れた。そうだ、それが一番いい。そうすれば楽になれる。辛い思いをしなくて済む。

「死んじゃえばいいんだ……」

歪な笑みは、次第に廻音を蝕んでゆく。全身を揺らし、廻音はケタケタ笑い転げた。真士に覆い被さって、呼吸が苦しくなるまで笑い続けた。

そして廻音は、突然ぱったりと笑うのをやめた。

空気が、まるで氷のようだ。……ここは、現実世界。

「ねぇ、ディーゴ……」

しばらくぼんやりと真士の死に顔を眺めたあと、廻音は振り向かずにディーゴを呼んだ。ディーゴからの返事はない。それでも廻音は淡々と続けた。

「真士を傷つけてしまったから、もとに戻してやりたい。手伝ってくれる？」

言って、廻音はゆっくりと床へ視線を下ろした。

眠っているのかと錯覚するほど、彼の表情は安らかだった。

廻音は真士の上から降り、ディーゴの前に膝をついた。ボサボサに伸びたディーゴの硬い髪に触れてみると、細い首がカクンと折れた。

小さなディーゴの体は、真士以上に冷たかった。

こんな痩せた体で、ディーゴはロズに切りかかっていったのだ。多分ディーゴは廻音のために、ロズに復讐しようとして。廻音を喜ばせようとして。嘆く廻音を慰めようとして。廻音を救おうとして。…生きるために、戦おうとして。

ここで廻音が命を放棄することは、最後まで戦ってくれたディーゴに…そして真士に、ロズやリョウキに対する最大の裏切りだと、廻音はようやく気がついた。

ディーゴを抱きあげ、ロズとリョウキの隣に寝かせた。

「ごめんなさい、ディーゴ」

懺悔の声が、寒さで震える。

「自分のことばかりに気をとられて、ディーゴのこと、診てやれなかった。ずっと辛かったのに、我慢してたんだよね。ごめんね…」

廻音はディーゴに謝罪した。さっきまでの狂気に満ちた自分は、ディーゴの前であとかたもなく消滅した。

ディーゴの目尻に光る涙を、廻音はそっと指先で拭った。


真士の頭蓋骨の破片は、ひとつひとつを手作業で繋ぎ直した。

筋肉で覆い、頭皮を被せて縫合し、細く裂いたシーツを包帯代わりにして頭部に巻きつけ、今度こそしっかりと固定した。

残りのシーツをアルコール液に浸し、真士の顔から爪先までを丁寧に清めたあと、ロッカールームから拝借してきた、まだ新しい白衣を真士に着せた。

真士の身支度が整うと、廻音はディーゴの顔と傷口を拭いた。痛みはかなりのものだったはずだ。それでもディーゴは、一度も辛いと言わなかった。言えば廻音が困るとでも思ったのだろうか。

廻音が真士の治療に必死になっている間、ディーゴはずっと歯を食いしばり、失血による眩暈と激痛に耐えていたのに違いない。なにも気づいてやれなかった自分を、いまさらだったが廻音は深く恥じた。狂ってしまえ…などと惑い、残された時間を放棄しようとした自分は、献身的なディーゴに比べ、なんと弱い人間なのか。

でも、もしも途中でディーゴの異変に気づいたとしても、廻音はたぶん、ディーゴを救ってやれなかった。真士の命を優先したに違いないから。

だから廻音は、やはりディーゴに詫びるしかなかった。

時間をかけて、廻音は上階の処置室からコンテナを運び降ろした。幅一メートル、高さ三メートルもあるそれをひとりで運ぶのは至難の業だったが、ディーゴの苦しみを考えればたいしたことではないと自身を鼓舞した。

空腹と疲労で力の入らない足腰を励まし、コンテナにロープを巻きつけ、暗い階段を黙々と降りた。

ヤスヒコのあの事件から、廻音はなにも口にしていなかった。食べる気になれなかったのだ。限界を超える極度の空腹も、いまはもう胃袋そのものが消滅したかと思うほど感覚が失せていた。

ただ、鉛のように重い体だけが、例えようがないほど辛かった。

ようやく廻音は、地下の研究室までふたつのコンテナを運び終えた。ひとつにはロズの遺体とリョウキの脳を納め、もうひとつにはディーゴを寝かせた。蘇らせるためではない。廻音を未来に連れてきた銀のコンテナは、いま、人々の棺になったのだ。

不死鳥など、どこにもいない。

長い階段を、廻音は時間をかけて往復し、設備管理室からディーゴのスケッチブックを持ってきた。そして葬花の代わりとして、ふたつの棺の中にディーゴの絵を敷きつめた。

蓋を閉めかけて、廻音はふと、その中の一枚に手を伸ばした。

広げた翼。天に向かって伸びる腕。柔らかな微笑。銀色に光輝く、廻音。

「一枚もらっていくね、ディーゴ」

廻音はディーゴに微笑んで、その絵を小さく折りたたみ、胸元に入れた。そして棺の蓋を閉め、横たわる真士に歩みより、その頬に指で触れる。

寝息をたてているのかと思うほど、安らかな表情だった。

いつもの真士の寝顔だった。やっと真士が、廻音のもとへ戻ってくれた。

以前、廻音が夜中に目を醒ますと、真士は楽しい夢を見ているかのように笑みを浮かべて眠っているときがあった。その穏やかさに安心して、廻音はいつも真士の腕の中に潜りこみ、真士の香りに満たされて、幸せな眠りにつくのだった。

眠りたいと、廻音は思った。三十五年間も眠っておきながら、まだ横になりたいなんて、地球一の怠け者だろうか。でも、少しでいい。休みたかった。真士の腕の中で眠りたかった。なんだか、とても疲れていた。

「それじゃ、行こうか。真士」

廻音は真士の左腕を持ちあげ、自分の肩に回した。右手で真士の腰を抱き、勢いをつけて抱え、ズルズルと真士を引きずりながら扉を開けた。

重さに耐えかねて倒れかけ、とっさに両脚を踏んばった。そして廻音は後方を振り向き、薄闇の中で淡く光る二台のコンテナに別れを告げた。

「さよなら。ディーゴ、リョウキ。…ロズ」

悲しむのは、これで最後だ。廻音は歯を食いしばり、顔をあげ、真っ直ぐに闇を見据えた。

真士をしっかり抱え直し、一歩一歩階段を昇った。

最期の奇跡に向かって。


どれほどの時間が過ぎただろう。

朝なのか、それとも夜かと考えて、ひとり苦笑する。時間を気にする理由が、どこにある？

真士を背負い、ただひたすら地上を目指して足を動かし続けた廻音は、ようやく外へ続く扉の前へ辿りついた。

ドアに触れようとして、一瞬躊躇する。以前ここから出たときは、あまりの寒さに途中で意識を失ったが、きっと寒波はあのころより、さらに威力を増しているだろう。

でも、だからこそ行かなければならなかった。建物を出て、極寒の大地へ。

渾身の力でドアを押すが、凍りついていてびくともしない。視線を彷徨わせた末に、溶解している壁をみつけた。異臭はするが、当たり前すぎて気にもならない。

真士の腕を自分の肩に回して引きあげ、一枚のシーツで互いの体を包んで縛り、目線を起こす。

崩れかけている壁を乗り越え、やっとのことで廻音は一歩踏みだした。

「あ…!」

刹那、廻音は感嘆した。

大地が銀色に輝いていたのだ。

「雪…?」

見あげれば、真っ黒な空。だがその黒雲から、雪がしんしんと舞い降りるさまに、しばし廻音は寒さも忘れて魅入っていた。

上空に向けていた目線を、ゆっくりと大地の高さへ戻してみる。なにもかも溶けて真っ黒に焼け焦げていた広大な地表が、いまは柔らかな銀雪に覆われ、まるで発光しているかのように神々しい。

「綺麗…」

大きな銀の布を敷きつめたような雪景色は、皮膚を貫く冷気に反して、廻音の気持ちを昂揚させた。

「見て、真士。雪だよ」

話しかけながら、足を大きく踏みだす。雪がサク…ッと小気味のいい音で呼応し、生命の存在を大地に報せてくれる。

この音に、誰かが応えてくれればいいと廻音は願った。他にもどこかで生き伸びている人たちがいるはずだった。この地球上のどこかで助けを待っている人たちが、そして誰かを救済しようと活動している人たちが、おそらく存在するはずだった。

そうでなくてはならなかった。まさか自分が地球上の最後のひとり…いや、真士を入れてふたりだけれど、そんな重荷を背負わされたら、たまらない。

人類は終わらない。どこかで誰かが生きている。そう信じていなければ、前へなんか進めない。

「だから行こう、真士」

この場所にしがみついている行為は、ただ死を待つのと変わりない。外の世界を恐れていたのは、遠い昔だ。もう廻音は、試験管の中で創りだされたマウスではない。愛する人と生きる強さを手にしたのだ。命を繋ぐ可能性と、それを信じる勇気を備えているのだ。

たとえそれが死を早める無謀な行為だったとしても、諦めずに歩き続けようと、廻音は心に決めていた。そもそも研究とは、そういうものだ。無駄かもしれない。失敗するかもしれない。でも、やってみなければ、それが失敗であったことすらわからないのだ。

「なにもしないより、百倍マシだ」

歯を食いしばり、廻音は自分を奮い立たせた。以前のような厳しい寒さは感じない。それどころか、初めて雪を見てはしゃぐ仔犬のように、どこかわくわくしている自分に苦笑すら浮かべている。だっていまは、ひとりじゃない。たとえ鼓動は停止していても、本物の真士と一緒にいるのだ。だから、なにも恐れはしない。

廻音は決して背後を見ようとはしなかった。ディーゴやリョウキ、そしてロズの眠る研究施設を、一切振り返らなかった。

真士が、そういう人だから。どんなときも真っ直ぐ前を見つめて、未来を語っていた人だから。膝の感覚が失せている。いまにも崩れそうになる。廻音は足を踏ん張り、懸命に前へ進もうとした。ゆく先はなにも無く、無限に続く銀雪の大地が広がるばかりだったとしても。

もしも何かがあるとしたら、それは『奇跡』だけだろう。

廻音はひたすら足を動かした。腕の感覚が失せ始めると、今度は真士を背負った。廻音よりも背の高い真士の脚が、廻音の後方にわだちを轢く。

真士の爪先が冷たいだろうと考えて、廻音は背負った姿勢のまま真士の膝を探り、手前に抱えあげようとした。だが、廻音自身もすでに手足が凍りついている。感覚がないどころか、氷のような空気を吸いこむたび咽が切れて、酸素を体内に取りこむことすらままならない。

懸命に呼吸を繰り返すたび、顔前で雪が踊る。湿った唇に雪が貼りつき、廻音の体を内と外から確実に凍結させてゆく。

「……っ」

ついに膝が折れ、廻音は前のめりに倒れた。背中の真士が転げ落ち、粉雪を巻きあげる。

「ごめん真士、大丈夫？」

廻音は起きあがろうとした。

起きあがれるはずだった。

再び真士を背負い、立ちあがり、前に進めるはずだった。

真士の腕を引っぱり、なんとか立ちあがろうとした。

「真士…重いよ。ちょっと太ったんじゃない？」

廻音は笑った。笑ったまま、真士の重みに耐えかねて、そのまま雪の上に蹲った。

「ごめんね、真士。ちょっと、休憩…」

わずかな余力を使い、廻音は真士を仰向けにした。

これが廻音の、最後の力だった。

廻音は真士の上に、ゆっくりと体を伏せた。

手が、真士の頬に触れる。霜に覆われた廻音の手と、真士の皮膚が貼りつく。

廻音はあえて、その手を剥がそうとはしなかった。真士と一緒に氷になるのだ。それはとても、とても幸せな未来のように思われた。

空いている手で真士の腕を持ちあげ、廻音の腰を抱かせてやった。ほどなくして真士の腕は、廻音をしっかり抱きしめたまま凍結した。

もう二度と離れなくていいんだね――――廻音は真士に微笑んだ。

「僕たち、また凍るんだね」

――――らしいな…と、真士の苦笑が聞こえた気がした。

「今度蘇るときは、ふたり一緒だね」

そうだな…と、今度こそはっきり、真士の声が心に届いた。

幸せだと、廻音は思った。再び訪れる眠りは、かなり長期になりそうだ。でも、ちっとも怖くない。なぜなら今度は真士と一緒だから。

もう廻音は、ひとりじゃないから。

「僕たちがこれから向かう未来は、きっと僕たちを蘇らせてくれると…思う…よ…。だって、人類は…、常に進歩してきたんだから…。前へ、前へ、必死に歩いてきたんだから。僕たちの歩みは、これからも続くんだ…」

そうだなと、また真士が同意してくれた気配がした。真士との会話が嬉しくて、廻音は彼の名を唇に灯した。

「真士…」

――――ああ。

「もし蘇ったら……今度こそ言ってね。愛してるって」
――お前、まだそんなことに拘ってるのか？
廻音はクスクス笑った。照れながら怒る真士が、可笑しい。
「ねぇ真士。キスしてもいい？」
廻音には聞こえた。唇は動いていないけれど、でもはっきりと聞こえていた。
照れくさそうな、懐かしい真士の笑い声が。
廻音はもう一方の手も、真士の頬に添えた。そして真士の唇に唇を重ねた。
真士の唇は、三十五年前と変わりなく優しかった。
重なりあった唇同士が薄い霜に覆われ、廻音と真士は、一本の氷柱へと姿を変える。
（…真士…）
――ああ。
（氷が溶けたら、ただの死体になるんじゃない。春になるんだったよね…）
――ああ、そうだ…。
（だから僕たちは、春になるまで、少し眠るだけなんだよね…）
――ああ、そうだよ……。
（ちっとも怖くないよ。だって、真士と一緒だから…）
――そうか…。

（創られて、よかった。命を授かって幸せだった。だって、真士と生きられた…）

廻音は目を閉じ、淡い願いを脳裏に描いた。

春が来たら、真士が生まれた国へ行きたい。四季があるという美しい国、日本へ。春には桜が一斉に開花し、その花の色に空が染まるという、まさに夢のような国へ。

日本を好きではないと言いながら、桜の話をするときだけは饒舌になる真士が、とても愛しかった。好きなのに、好きと言えない。愛してるくせに、恥ずかしがって口にしない。

そんな真士だからこそ、その視線や手の温もりから伝わる感情は、なににも勝り、雄弁だった。

だからこそ廻音はいつも、真士の愛を感じていられた。幸せだった。とても。

真士と生きた時間こそが、間違いなく廻音の一生だったのだ。

桜の国は、まだ存在しているだろうか。

次の春にも、空は美しく染まるだろうか。

（春が待ち遠しいね、真士…）

——ああ…。

（真士——）

——……。

（シン…ジ…——）

廻音の上に、銀色の雪が降り積もる。

永遠に降り続くかと思われる銀雪は、やがてふたりの姿を吹雪の中に覆い隠した。

この日を境に、地球は氷河期へと突入する。

激しいブリザードが雪の地表をアイスバーンに変え、豪雨がたちまち氷の矢となり、次々に大地へ突き刺さる。氷の大地に亀裂が走る。

だがいつの日か、必ずやってくる。氷河期の終焉が。

歴史は輪廻するのだから。

暗雲が消滅し、この銀世界が水景色へと変化するとき、そこには新たな生命が誕生するだろう。

それは微生物かもしれないし、もしかすると、眠りから醒めた人類かもしれない。

氷は、いつか溶ける。必ず春がやってくる。

だから決して、諦めてはならない。

信じる者だけが掴むことのできる唯一の希望――『奇跡』を手にするまで。


――あれから五世紀後。

太陽光を遮断していた厚い雲が薄らぐと同時に、地表を覆い尽くしていた氷は、ゆっくりと溶けだしていた。

氷は水になり、新たな川を生み、大海原を再生して、大地には再び多様な命が芽吹いてゆく。

その中に太陽の光を浴びて、ひときわ美しく輝く氷柱が在った。

見つけたのは、どこからかやってきた探査機の乗組員たち。銀色に光る氷の中、唇を重ねたまま眠りについた二体を前に、彼らは頭を垂れ、黙祷を捧げる。

神聖な二体を傷つけないよう、衝撃を与えないよう、クルーたちは慎重に氷を切りだし、クレーンで移動し、収監した。

詳しく検査しなくてもわかる。この二体の体組織や神経細胞は、完全に壊死している。それでも、この二体が眠りについたであろう五百年前には考えられなかった再生医療の研究チームが、いまはある。

人体を形成する六十兆個の細胞の、たったひとつでも蘇らせることができれば、彼らの肉体や骨格を「復元」させることは容易だ。さらに脳細胞を採取すれば、そこから経験や体験の断片…メモリーを取りだして年代順に繋ぎ合わせ、彼らの記憶を辿ることも、容易くはないが、不可能ではない。

現在最も力を入れている研究は、別の生体に脳細胞を移植し、過去の記憶ごと蘇らせる復元科学だ。老いた肉体や病に冒された体を取り替えさえすれば、人は永遠に生きられるという「ボディ・

カートリッジ」の研究に取り組んでいるのだが、彼らの細胞は、きっとそれらの役に立つ。

「じつに興味深い被験体だ。研究材料に相応しい」

「研究もそうですが、個人的には、なんとしても蘇らせてやりたいです」

情が厚いと思われるクルーが、やや恥ずかしそうに口にした。

「もちろん、ふたり一緒にね」

口づけたまま眠りについた恋人たちの姿に、五世紀を越えた壮大なロマンを見たのだろうか。女性クルーの瞳には、いまにも零れそうな涙が光っている。

「彼らに、奇跡を」

「絶対に奇跡を起こしましょう」

「ええ。必ず彼らに、奇跡を」

クルーたちの心強い決意は、真士と廻音、ふたりの耳に届いただろうか。

クルーたちは顔をあげた。降り注ぐ太陽が眩しかった。地球はこんなにも強く、美しい。どれほど傷ついても、立ち直る力を秘めている。

奇跡を信じ、それに向かって歩み続ければ。諦めずに、前へ前へと進みさえすれば。

「彼らと語り合う日が、楽しみだ」

溶けた氷が川になり、せせらぎは優しく耳をくすぐる。

春は、すぐそこまで来ている。

あとがき

　禁忌の一冊。自身では、そう思っていました。読後、皆様から「こんな展開ひどすぎる！」と罵声を浴びせられるのを覚悟して、このあとがきを書いています。

　申し遅れました。綺月陣と申します。巷ではエログロ作家と認定されているようですが、本人は純愛の塊です。この「銀の不死鳥」も、壮大な純愛ロマンに仕上がったと思い込んでおります。

　じつは私、プロットに沿ってお話を書き進めるのが大の苦手、ちょー苦手です。この作品も元々はホームページ上で気の向くままに綴っていた、勢い任せの物語です。商業に耐えうる表現規制やら、レーベル色やらを意識する必要が全くないため、その日の気分で好き勝手に、先の展開も考えず……言葉は悪いのですが「無責任」に書き進めていました。こんなラストに辿りつくとは、当時の自分を責めてやりたくなります。なにを考えていたんでしょうね、ほんとにもう（ラストの、未来にちょっと救いがあるシーンは、某出版社の編集Hさんから「あまりに救いがない。なんとかなりませんか」と指摘を受けて、後日付け加えたものです）。

　ホームページへの連載途中で、某社から出版のご相談をいただきましたが、この先どう転ぶかわからない話でしたし、最後まで制約なく自由に書きたかったため、お断りした経緯がありります。その何年か後……「いま入っている仕事を終えたらＢＬ界から離れよう」と決意したころ、先程ご登場の某出版社の編集Hさんから書籍化を打診されました（Hさん、その節はありがとうございました）。挿絵さんも決まり、ついに書籍化なるか……と喜んだ矢先に企画が幻と消え、それなら！　と別の出版社に書籍化をお願いするも、「この内容では難しい」と敬遠される大殺界（笑）に突入。

紆余曲折を経た今作が電子化されたとき、どんなに嬉しかったことか。反面、もうこれで紙の本になる日は一生来ないんだ…という寂しさも拭えませんでした。それがまさか電子から紙への逆転劇で、皆様にお届けできる日が来るなんて。こんな流れもあるんですね。驚きです。

あとがきに相応しく、制作意図やらキャラクターへの思いやらの裏話を語るのが筋かもしれませんが、今作に関しては、言ってしまえば私も一読者。毎回の残酷な展開に、ひゃーひゃー騒いで狼狽えていたひとりです。読み終えて本を壁に叩きつける人も、そっと抱き締めてくださる人も。読後感は人それぞれということで、いまはただ出版の喜びに浸らせてください。

今回の書籍化にあたり、ｙｏｃｏ様がイラストをお引き受けくださいました。電子化の際にはＡＺＰｔ様にも大変お世話になりました。画力に秀でた表現者ふたりに支えられて今作があります。お力添えをいただき、感謝しております。紙の本として蘇らせてくださった桜雲社様、ずっと応援してくださる心の広い読者の皆様にも、心より御礼申し上げます。本当にありがとうございました。

二〇一六年一月吉日　　綺月陣

Milk Crown

銀《ぎん》の不死鳥《ふしちょう》　2016年3月30日　第1刷発行

著者　綺月《きづき》 陣《じん》

イラスト　yoco

デザイン・DTP　伊藤あかね

発行者　難波千秋

発行所　株式会社 桜雲社
〒160－0023
東京都新宿区西新宿8－12－1ダイヤモンドビル9F
電　話：03－5332－5441
FAX：03－5332－5442
URL：http://www.ownsha.com/
E-mail：info@ownsha.com

印刷・製本　株式会社 誠晃印刷

　ISBN978-4-908290-17-6